나의 파란, 나폴리

작가의
작업 여행
01

나의 파란, 나폴리

정대건

안온

나폴리에서는 모든 것이 파랗다.
그리움조차도 파랗다.

차례

1부

파랗게
물드는
용기

다들 부럽다고 하지만

이탈리아 나폴리에 3개월간 머무르며 글을 쓰게 되었다. 나폴리오리엔탈대학교교와의 작가 교류 프로그램으로 해외 레지던스에 참여하게 된 것이다. 이탈리아라니. 해외 영화제를 다녀오며 유럽에 두 차례 가봤지만 이탈리아는 경유조차 해보지 못했다. 이탈리아에 대해서라면 삼면이 바다인 반도라서 한국과 비슷한 점이 많다고 들은 정도였다. 그리고 나폴리라니. 지도를 찾아보니 나폴리오리엔탈대학교교는 학창 시절 음악 시간에 배운 노래인 〈산타루치아〉에 등장하는 그 항구 바로 옆에 있다.

머릿속에서 노래가 자동 재생되었다.

> *창공에 빛난 별 물 위에 어리어*
> *바람은 고요히 불어오누나*

레지던스 프로그램에 지원했다는 사실도 잊고 지내던 어느 날, 모르는 번호로 전화가 걸려 왔다. 모르는 번호로 전화가 오는 건 매우 드문 일이다. 이제 내가 무언가 시도하거나 무언가를 세상에 던지지 않으면 아무도 나를 찾아주지 않는다. 그것이 합격이든 당선이든 선정이든.

선정 소식에 주변 사람들이 다들 좋겠다고, 부럽다고 하는데, 나는 기쁘기보다는 복잡한 마음에 사로잡혔다. 나는 내 심란한 마음을 분석해봤다. 이것은 즐기러 가는 여행이 아니라 90일간의 체류다. 해외여행은 그래도 적지 않게 다녔는데, 한곳에서 일주일 이상 머무르며 '생활'해 본 경험은 없었다. 그래서 외국 생활 경험이 있는 사람들에 대한 선망이 있었다. 관광객이 아니라 현지인들과 생활해보고 다른 눈으로 한국 사회를 보고 싶었다.

동시에 두렵기도 했다. 모든 게 익숙한 일상에 안주하던 내게 덜컥 닥친 변화 자체가 스트레스인 것이다. 나는 새로운 시도나 모험을 좋아하지 않는 성격이다. 사람을 만나는 것도, 돌아다니는 것도 썩 즐기지 않아 집돌이 마냥 늘 내 방 모니터 앞에서 키보드와 함께 있다. 그나마 도서관으로 출퇴근하듯 다니곤 했지만 추운 겨울을 핑계로 집에 전동 책상과 좋은 의자를 마련한 뒤로는 약속이 없으면 거의 집 밖에 나가지 않고 있었다.

애초에 그런 내가 왜 레지던스에 지원했을까? 원래 잘 돌아다니던 성격이 아님에도, 코로나19로 인한 3년 동안의 칩거로 좀이 쑤셔 어디든 떠나고 싶었다. 생전 안 보던 여행 유튜버들을 정주행하며 대리 만족하던 차에 나폴리 레지던스 공고를 보고 홀린 듯 신청했다. 게다가 나는 작가 레지던스의 도움을 받은 적이 있다. 2022년 꽃 피는 봄, 주변에 편의점 하나 없는 원주 토지문화관에 나를 격리했고, 산골에 머무르며 집중해서 장편소설 《급류》를 쓸 수 있었다.

나의 MBTI가 INTJ라서 스트레스를 받나 싶었다 (MBTI 같은 건 관심도 없고 넌더리 내는 타입이었는데 '우주 최초 MBTI 소설집' 《혹시 MBTI가 어떻게 되세요?》에 참여하며 생각이 달라졌다). 나는 모든 것을 미리 찾아보지 않으면 안 되는 성미를 가졌는데, 앞으로 공부해야 할 어마어마한 정보들에 과부하가 걸린 것이다.

돌이켜보면 지난 여행은 늘 누군가와 함께였고, 나는 혼자 여행을 즐길 줄 몰랐다. 어디에나 열심히 무언가를 찾는 사람과 옆에서 그걸 누리는 사람의 조합이 있다. 그중 나는 언제나 열심히 검색하고 지도를 보는 타입이었다. 그런데 이번엔 오롯이 혼자다. 혼자 3개월간 말도 잘 안 통하는 이역만리에서 생활하는 것, 무엇보다 그 외로움이 두려웠다.

또 다른 걱정은 언어였다. 영어 실력에 대해서 나는 스스로를 한국 교육 시스템 폐해의 표본이라고 소개하는데, 시험문제 풀이로 단련되어 듣기와 읽기는 어느 정도 되지만 (이마저도 안 쓴 지가 오래되어서……) 말하기와 쓰기는 창피한 수준이다. 레지던스 프로그램은 현지에서 두 차례 특강을 해야 한다. 전화를 받은 나는 기뻐하는 내색도 없이 첫마디를 내뱉었다.

"저, 언어 문제가…… 괜찮을까요?"

수화기 반대편에서 들려온 담당자님의 밝은 목소리가 나를 안심시켰다.

파랗게 물드는 용기

"걱정하지 마세요. 안드레아 교수님이 한국말을 정말 잘하시니까요."

그 순간 스치는 기억이 있었다. 김민재 선수의 나폴리 입단식에서 통역가의 유창한 한국어 솜씨가 화제였다. 유튜브에서 영상을 다시 보니 그분이 맞았다! 이런 인연이 있을 수가. 영상으로 미리 접한 분이라 더 반가웠다. 나는 긍정 회로를 돌리기 시작했다. 나폴리가 더럽고 위험하다는 이야기, 인종 차별과 소매치기가 만연하다는 이야기는 마음을 단단히 먹게 했지만, 다행히 최근 김민재 선수의 맹활약으로 온 도시가 한국인에게 우호적인 분위기가 되었다고 한다. 압도적인 성적으로 33년 만의 스쿠데토(이탈리아 리그 우승)를 앞두고 도시 전체가 흥분해 있는 시기에 나폴리를 방문한다니. 어느새 나는 나폴리가 사랑스럽게 느껴졌고 벌써 나폴리 축구팀의 삼대째 팬인 나폴레타노(Napoletano, 나폴리 사람)의 마음이 되었다.

지난 몇 년간 슬픈 내용의 장편소설을 쓰느라 심신이 지쳐 있었다. 게다가 지난 해는 잘해보고 싶었던 관계들이 어긋나 눈물 가득한 한 해를 보냈다. 기대했다가 내게 주어지지 않는 것에 실망하고, 피폐해졌다. 나는 나를 불러주는 곳을 사랑하기로 했다. 결국 나를 찾아주는 곳이 최고다. 그곳이 서울에서 8,964킬로미터 떨어진 이탈리아라 할지라도! 3개월 동안 머무를 그 시간을 진정으로 만끽하기로 다짐했다.

그렇다면 그 유한한 시간을 최대한 만끽하는 것은 어떤 형태여야 할까? 내가 살아온 것과 다르게 살아보기로 했다. 적극적으로 밖으로 나다니고(집에 들어오면 한 발짝도 나가지 않는 내가?) 사람을 만나고 친구를 사귀기로(한국에서도 친구 사귀기에 서툰데 과연 나폴리에서?) 다짐한 것이다.

나폴리에 대한 사랑을 키우며 '나폴리 4부작'으로 유명한 엘레나 페란테의 소설 《나의 눈부신 친구》를 읽기 시작했다. 동시에 소설을 영상화한 드라마도 봤다. 1950년대의 나폴리가 배경이긴 하지만 시작부터 내내 왜 이렇게 잿빛이고 폭력적인 장면이 자주 나오는지⋯⋯. 다시 걱정이 스멀스멀 올라왔다. 유명한 유럽 여행 카페에 들어가 '나폴리'를 검색해보니 조금 전 휴대폰을 소매치기당했는데 어떻게 해야 하느냐는 하소연이 올라와 있었다. 여하튼 마침내 비행기 티켓을 끊었다. 전부 밤 11시에 도착하는 비행기들뿐이다⋯⋯. 걱정 반 설렘 반으로 나폴리에서의 90일을 기다렸다.

Arrivi: 도착

3개월의 체류라 짐을 싸는 것도 일이었다. 비자 없이 유럽에 체류할 수 있는 최대 일수를 90일로 정한 셍겐 협약도 이번에 처음으로 알게 되었다. 나폴리가 정확히 어디에 위치하는지도 몰랐기에 기후가 어떤지 알 수 없었다. 기온이 가늠되지 않아 3월부터 5월까지 입을 옷을 어떻게 챙겨야 할지 감이 오지 않았다. 서울은 아직 패딩을 입고 다니는 2월 말이었다.

'이탈리아 남부, 지중해의 항구도시', '세계 3대 미항'이라는 수식어를 들었을 땐 뜨거운 휴양지가 먼저 떠올랐기에 막연하게 서울보다 무더우리라 생각했지만 그렇지 않았다. 나폴리의 위도는 40도로 서울의 위도(37도)보다 높았다. 최고와 최저 기온 모두 서울과 몹시 비슷했다. 추위를 견딜 외투부터 5월에 입을 반팔까지 짐을 쌌다. 32인치 캐리어를 꽉꽉 채운 것은 처음이었다.

나는 수시로 나폴리의 날씨를 확인했다. 장기 예보를 보니 3월 중 절반 넘게 비 소식이 있었다. 도착 후 일주일 정도는 여행자의 눈으로 나폴리를 둘러볼 텐데, 2주 넘게 비라니 반갑지 않은 소식이었다. 도시의 첫인상을 좋은 날씨로 맞이하고 싶은 욕심이 났다.

이제는 내 마음처럼 되지 않는 것에 익숙해질 때도 되지 않았는가? 나는 운이 별로 좋지 않다고 생각하는 편이었다. 늘 많이 기대하고 그만큼 실망하는 쪽에 가까웠다. 그렇다면 세상만사에 기대를 줄이는 것이 행복의 방편인가? 하고 고민한 적도 많았다. 그리고 이제는 '실망스러운 것'이 세상의 본질이라는 것을 받아들였다.

일기예보를 들여다보고 있자니 영화를 찍던 시절이 떠올랐다. 한정적인 스케줄 안에서 많은 작업을 소화해야 하는 영화 촬영은 타임어택 미션처럼 느껴졌다. 늘 시간에 쫓겼고 초조했다(이러한 경험들은 나의 첫 장편소설 《GV 빌런 고태경》에 잘 녹아 있다). 촬영 일정 변경이 도저히 불가능한 상황에서, 제발 비가 내리지 않기를 바라며 일기예보를 다섯 종류씩 보기도 했다. 피 말리는 시간이었다. 날씨가 영화의 운명을, 나의 운명을 좌지우지하던 시기에 비 소식을 보고 있을 때면 정말이지 하늘이 노랬다. 내 노력으로 커버할 수 없는 변수에 의해 휘둘리는 현장…… 다시는 돌아가고 싶지 않은 시간이다.

⟨⟨

생애 처음 끌어보는 32인치 캐리어는 묵직했다. 설레는 마음으로 집을 나섰지만, 집을 나서자마자 고난은 시작되었다. 여행자 보험을 왜 여행지에 도착해서가 아니라 집을 나서면서부터 적용하는지 톡톡히 체감했다. 아파트 단지의 이삿짐 차량 때문에 캐리어를 바퀴로 끌지 못하고 손으로 들어야 했는데, 들자마자 손잡이가 뚝 하고 부러지고 말았다. 불길한 전조였다. 캐리어의 고무로 된 손잡이 부분이 삭은 듯했다. 바퀴까지 문제가 생기면 정말

큰일이었으므로 턱이 있는 곳에서는 몸을 숙여 23킬로그램 무게의 캐리어 몸통을 번쩍 안아 들어야 했다. 그럼에도 바퀴와 끄는 손잡이, 그리고 측면의 손잡이가 무사한 것을 다행이라고 여기며 공항으로 향했다.

그러나 공항에서 무게를 재기 위해 캐리어를 들어 올린 순간 이번에는 측면 손잡이도 뚝 하고 부러지고 말았다. 게다가 수화물 무게가 23킬로그램에서 1.5킬로그램을 초과해 10만 원의 추가 요금이 발생한다고 했다. 안일했다. 집에서 무게를 재보지 않은 것을 자책했다. 캐리어를 열고 1.5킬로그램을 덜어내기 위해 선택한 물품은 책이었다. 대학생 때 택배 상하차 아르바이트를 해본 경험으로 가장 무거운 것은 책이라는 걸 알았다. 나는 카뮈의 책을 캐리어에서 꺼냈다.

시작부터 쉽지 않구나……. 오케이, 괜찮아. 세상은 마음처럼 호락호락하지 않지. 내가 '이야기'를 사랑하게 된 이유. 이야기에서는 고난과 갈등과 역경이 필수다.

나는 여행 초보다. 누군가 "여행 좋아하세요?"라고 묻는다면 단번에 "그럼요!" 하고 열광하는 쪽에 속하진 않는다. 그렇게 말하는 것치고 해외는 꽤 다녔는데 그것은 영화제 참석처럼 절반은 일이었거나, 일행이 있는 경우가 대부분이었다. 나 홀로 의지가 생겨서 찾아보고 어딘가로 목적 없이 떠난 적은 없었다.

혼자 여행을 즐기는 사람은 그렇지 않은 사람과 많은 부분이 다르다고 생각한다. 나는 삼십대 중반이 되어서야 처음으로 혼자 여행을 가봤다. 사람들도 만나지 않고 식물 같은 삶을 살다가 장편소설 공모전에 당선이 된 후에 기념으로 뭐라도 해야 할 것 같아서, 혼자 제주도로 첫 여행을 떠났다. 삼십대 중반이 되도록 혼자 여행도 안 가봤다는 것이 밀린 숙제처럼 느껴졌다.

결과적으로 홀로 간 제주 여행은 그다지 재미가 없었다. 왜냐하면 사람들에 시달리는 직장인들이야 여행에서 혼자만의 휴식 시간을 갖길 바랄지 모르지만, 나는 평소에도 넘칠 정도로 혼자만의 시간을 가졌기 때문이다. 그래서인지 나는 여행 중에 사람을 만나려는 나를 발견했다. 제주도에 살고 있는 친구를 만나고, 게스트하우스를 찾아다녔다. 혼자서 미술관에도 갔는데, 역시 재미가 없었다. 게다가 한라산 등반 중에 발을 접질리는 바람에 더욱 좋은 기억으로 남지 않았다. 이 제주 여행을 통해 나는 혼자 하는 여행은 내 취향이 아니라는 것을 확인하게 됐다.

떠나오기 전에 나폴리에서 머무를 숙소를 정해야 했다. 나폴리 시내 수천 개의 숙소와 에어비앤비 앞에서 적지 않게 스트레스를 받았다. 찾고 또 찾고 무한 검색의 지옥에 빠질 내 성격을 알았기 때문이다. 나폴리 시내의 어떤 지역이 어떤 특성과 분위기를 지녔는지 아직 몰랐다. 차라리 레지던스 프로그램의 지정된 숙소에 머무르는 것이 강제 사항이었더라면! 너무 많은 자유와 선택지는 인간에게 도리어 고통을 준다.

안드레아 교수님이 추천해주신 숙소는 'B&B Il Giardino Segreto'라는 곳으로 영어로는 The Secret Garden, '비밀 정원'이라는 뜻을 지닌 곳이었다. 교수님이 보내준 방의 사진을 봤을 때 오래된 유럽의 궁전 같은 인테리어 벽지와 앤틱 가구들이 근사해 보였지만, 노트북을 놓고 작업을 하기에는 적합해 보이지 않았다. 교수님은 숙소에 야외 정원이 있으니 글을 쓰기에도 좋을 것이라고 말씀하셨다.

숙소에 있는 야외 정원이라니, 태양 빛을 쬐고 광합성을 하는 건 비타민D 흡수와 우울증에 좋겠지만, 맥북에어가 400니트 밝기를 자랑한다고 해도 강렬한 태양 아래서 모니터는 잘 보이긴 힘들고, 무엇보다도 허리가 아플 것 같았다.

안드레아 교수님은 혹시 영화 〈러브 액츄얼리〉에서 작가 역할을 했던 콜린 퍼스가 호숫가에서 타자기를 놓고 작업하던 낭만적인 장면을 떠올린 걸까. 시차도 있는데다 아직 안면이 없는 상태에서 메신저상의 교수님에게 이것저것 많은 것을 묻기에는 송구스러웠다. 나는 와이파이와 콘센트, 나쁘지 않은 책상과 의자만 있으면 좋겠다고 말했다.

비행기 안에서도 와이파이가 가능했다면 나는 나폴리에 대해 눈이 빠지도록 검색했을 것이다. 이미 인터넷 카페에서 나폴리를 조사했고 유튜브에서 수십 개의 나폴리 여행기를 봤다. 나는 실패를 피하기 위해 많은 것을 미리 보고 간접 체험하는 사람이었고, 너무나 많이 찾아본 탓에 이미 여행을 한 기분 아니, 4K로 나폴리를 돌아다닌 기분이 되었다.

로마 공항에서 나폴리까지는 한 시간 정도로 인천에서 제주도를 가는 정도의 비행이었다. 엉덩이가 평면이 되어버리는 느낌이 드는 열네 시간의 비행 동안 나는 조금도 잠들지 못했고, 밤 11시에 도착한 나폴리에는 비가

Arrivi: 도착

내리고 있었다. 드디어 착륙한 나폴리 공항에는 'Arrivi(도착)'라는 이탈리아어가 나를 반겼다.

정, 왜 나폴리에 왔나?

늦은 밤인데도 나폴리 공항에는 사라 선생님(이하 사라)이 한글로 내 이름이 쓰인 팻말을 들고 공항에 마중 나와 있었다. 이미 카톡으로 단편소설 〈아이 턴더 유〉의 이탈리아어 번역에 대해 몇 차례 질문과 답을 주고받으며 친밀감이 생긴 상태였다. 우리는 사라의 차에 짐을 싣고 나폴리 시내로 향했다. 숙소는 공항에서 가까웠지만 캐리어 고장에 비까지 내려서 사라의 도움이 없었다면 정말 힘들었을 것이다. 이탈리아 여행자가 마피아를 걱정하는 것은 일본 여행자가 야쿠자를 두려워하는 것이나 한국 여행자가 조폭을 무서워하는 것과 다름없다고 듣긴 했지만, 늦은 밤 비가 추적추적 내리는 인적 드문 주황빛 도로는 영화 〈시카리오〉에서 범죄 소굴인 도시로 진입하는 장면을 떠올리게 했다.

사라는 나폴리오리엔탈대학교에서 한국 문학 수업을 하고 있었다. 그녀는 한국 영화를 보며 한국 문화에 빠졌고 서강대학교 어학당에 다니기도 했었다. 대화를 나누면서 당연히 나폴리에 거주 중일 줄 알았던 그녀가 아벨리노라는 지역에서 살고 있다는 것을 알게 되었다. 초보 운전인데도 나를 위해 한 시간 걸리는 거리까지 운전해 왔던 것이다(지금도 그 마음을 생각하면 눈물이 날 것처럼 뭉클하다). 사라가 내게 쇼핑백을 건네주었는데, 거기엔 귀여운 한글로 '나폴리에 온 것을 환영합니다:)'라고 적혀 있었다. 쇼핑백 안에는 물과 빵, 바나나와 쿠키가 있었다. 아직 슈퍼가 어딘지도 모르고 장 보는 법도 모르는 내게 꼭 필요한 그야말로 구호 식량이었다.

우리는 밤 12시에 가까워 숙소에 도착했다. 내가 머물게 된 숙소 '일 자르디노 세그레토'의 주인인 안나는 활기 넘치고 강인한 인상의 육십대 여성이었다. 안나는 피곤으로 무척 지친 내게 내일 아침에 숙소에 대한 브리핑을 해주겠다고 했다. 모든 게 낯설고 어둑했고 나는 정신이 없었다. 숙소 이름이 B&B(Bed & Breakfast)였기에 나는 조식에 관해 물었고, 만난 지 5분도 되지 않아 안나에게 볼을 꼬집혔다. 안나는 당황한 내게 더 이상 B&B로 운영하지는 않는다고 말하며, 나폴리 사람들은 짓궂은 농담과 스킨십을 좋아한다고 덧붙였다.

　　방은 사진으로 본 것보다 넓었다. 그러나 너무나도 추웠다. 라디에이터는 작동하지 않는 듯했고 와이파이는 터지지 않았다. 나는 추위에 무척 약한 편이다. 역시 전기장판을 가져올 것을……. 껴입으면 된다고 생각했던 것을 후회했다. 비행하는 열네 시간 동안 모처럼의 디지털 디톡스는 좋았으나, 숙소에 도착하자 인터넷이 절실했다. 3개월간 세속을 떠나 템플 스테이를 하러 온 것은 아니었기에 걱정이 됐다. 아무리 껴입어도 너무 추워서 '집 나오면 고생'이라는 말을 온몸으로 체험하며 잠을 이루지 못했다.

　　내가 왜 따뜻한 난방 시설과 초고속 인터넷이 깔린 내 방을 두고 굳이 이 고생을…….

다음 날, 뜨거운 아침 햇살이 눈부시게 내리쬐는 안나의 비밀 정원을 두 눈으로 마주했다. 거대한 야자수가 눈에 들어왔고 수풀이 우거져 있었다. 안나는 녹지가 그다지 많지 않은 나폴리에서 이곳은 정말로 독특한 오아시스라고 했다. 1700년대 지어진 폐허 수준의 건물을 사들여 가꿔낸 안나의 자부심이 느껴졌다. 비밀 정원에서는 온갖 새소리가 들려오고, 안나가 키우는 비글인 '디아나'가 혹시나 먹을 것을 주려나 싶어 다가와 주변을 어슬렁거렸다. 가끔 비행기가 굉음을 내며 지나갔다. 레몬 나무에는 레몬이 가득 매달려 있고 바람이 불면 야자수 잎이 부딪치는 소리가 났다. 곧 봄이 오고 꽃이 피면 더 환상적인 정원이 될 거라고 안나는 말했다.

내가 지난밤의 고생에 대해 말하자, 안나는 와이파이를 해결해주고 두꺼운 이불을 내주었다. 안나에게 모카포트 사용법을 배웠고, 나폴리 커피 브랜드인 킴보를 함께 마셨다. 지중해의 태양처럼 강렬한 남부의 맛이었다. 지난밤의 추위와 의혹과 불안이 눈 녹듯 사라졌다.

나는 '고맙다'는 말부터 배웠다. 그라치에(Grazie), 그라치에 밀레(Grazie mille). 밀레는 '천 번의'라는 뜻인데, '천 번만큼 고마워'라는 표현이 재미있게 들렸다. 안나가 편의를 봐줄 때마다, 저녁 식사로 스튜를 챙겨줄 때마다, 나는 '그라치에 밀레'라고 했다. 그러면 안나는 자신을 '엄마'라고 부르라면서 자기 볼에 뽀뽀를 하라고 했다.

나는 군이 이분법적으로 따지자면 개인주의가 발달한 일본 문화를 선호해왔다. 일본 만화, 영화, 소설 등으로 친숙하게 일본 문화를 접하며 자랐는데, 타인에게 '폐 끼치지 않는 문화'가 좋아 보였다. 피해를 받지도 주지도 않고 살아가고 싶은 것이다. 그러한 개인주의가 한국에서는 이기주의라 오해받아서 내게는 한국의 선 넘는 문화에 대한 약간의 반발심도 자리하고 있었다.

그 반대편에는 어떻게 사람이 그렇게 폐 끼치지 않고 살아갈 수 있겠느냐며 서로의 영역에 침범도 좀 하고 그만큼 살가운 도움도 주고받으면서 살아가는 삶이 있을 것이다. 다른 환경에 놓여 무엇이든 관대하게 받아들일 자세가 되자, 어쩌면 내가 개인주의를 선호한다고 생각하던 것도 사실은 그만큼 살갑게 도움을 주고받아 본 경험이 없었기 때문은 아니었을까, 하는 생각이 들었다.

〰

"정, 왜 나폴리에 왔나?"

안나가 물었다. 앞으로 만나는 사람들마다 내게 던질 질문이었다. 그리고 내가 12주 동안 답을 찾아야 할 물음이기도 했다. 왜 나는 굳이 이곳에 왔는가? 나는 안나에게 대답했다.

"이전에는 해보지 않던 것을 해보려고 왔어요. 보지 못한 풍경을 보고, 먹어보지 못한 맛을 느끼고, 들어보지 못한 노래를 듣고, 알지 못하던 사람과 대화를 나누려고요."

여태껏 나는 예스맨이라기보다는 '굳이맨'이었다. 가령, '굳이 비싼 돈을 내고 힘들게 서서 공연을 볼 필요가 있을까?', '어차피 금방 집에 가고 싶어질 텐데 내가 굳이 술자리에 갈 필요가 있을까?', '내가 그걸 왜? 굳이?'

내가 애초에 이런 사람이었던 것인지, 불안정한 프리랜서의 길을 걷게 되면서 이런 식으로 사고하기 시작한 것인지 이제는 헷갈린다. 아마 둘 다일 것이다. '아직은 1인분의 사람이 되지 못했으니 내게는 사치'라는 마음으로 오랫동안 행복을 미루면서 살았고, 《GV 빌런 고태경》에서 "내가 아무 비용이 들지 않는 인간이면 좋겠다"라는 문장을 쓰기까지 했다.

그중에서도 내가 가장 인색한 것은 시간이었다. 늘 혼자 지내며 외로워하면서도 사람들을 만나면 금방 내 시간을 확보하고 싶었다. '이전에는 안 해보던 일을 하려고 왔어요'는 내게 다른 말로 하면 이런 말이었다. '굳이 비용이 드는 일을 해보자. 굳이 시간을 들여보자.'

첫 주는 관광객 모드로 적응 기간을 가졌다. 안드레아 교수님과 사라를 비롯한 많은 사람의 도움을 받았다. 가이드를 자원한 대학원 석박사생들을 만나 나폴리 명소를 다녔다. 나는 이국적인 풍경의 비좁은 골목마다 감탄하며 카메라를 들기 바빴다. 도시 전체가 궁전, 수도원 등 유적 같은 곳인데도 어디에나 그라피티로 가득했다.

나폴리가 '세계 3대 미항'이라고 하는 데에는 선뜻 동의하지 못했다. 매우 시끄럽고, 도로는 울퉁불퉁하고, 개똥과 지저분한 쓰레기들이 널려 있었다. 좁은 골목길에서 사람을 칠 것처럼 지나가는 자동차와 오토바이가 만들어내는 매연과 소음, 아무도 지키지 않는 신호등…… 모든 것이 혼돈투성이인 곳. 나폴리에 룰이 하나 있다면, 그건 '노 룰(No Rules)'이라고 했다.

　이곳의 대학은 한국처럼 캠퍼스라는 공간 개념이 따로 없다는 게 신기했다. 대학에서 사들인 도시 곳곳의 궁전, 수도원 등의 건물에 강의실이 여기저기 흩어져 있었다. 그중 내가 연구실을 제공받은 코릴리아노 건물은 16세기에 지어진 귀족의 궁전이었다. 천장에는 웅장한 천장화가 가득했다.

　나는 예측 가능한 것을 좋아하고 안정을 추구하는 사람이다. 자신의 노력만큼 얻어 가는 일을 했다면 (그 일이 무엇일진 몰라도) 그 일을 무척 성실하게 수행했을 것이다. 애초에 군 생활로 소방서에 가서 수많은 죽음을 지켜보지 않았더라면 어차피 인생 한 번 사는 거라며 불안정한 길인 영화를 해보겠다고 무모하게 덤비지 않았을지도 모른다. 어느덧 인생은 알 수 없는 방향으로 흘러 나는 소설가가 되었고, 역시 이전에는 상상도 하지 못했던 나폴리에 와 있다.

　첫 주의 적응 기간 동안, 나는 이곳에서 이전 같으면 하지 않았을 무언가를 '굳이' 했다. '굳이맨'의 '굳이'에는 모든 것을 예측할 수 있다는 오만한 태도가 내재해 있었다는 걸 새삼 느꼈다. 4K 화질의 나폴리 브이로그를 아무리 보고 왔다 해도 내가 앞으로 하게 될 새로운 경험과

'굳이' 경험하지 않았다면 만나지 못했을 인연들을 예측할
수는 없었다.

정, 왜 나폴리에 왔나?

아임 낫 어 캡틴 가이

숙소는 작업실로 삼기에는 아쉬운 점이 많았다. 기울어진 테이블과 씨름하며 접은 피자 박스를 괴어 겨우 수평을 맞추었지만, 이번에는 삐걱대는 의자가 문제였다. 코릴리아노궁 안의 웅장한 도서관은 무척 좋았지만 오후 2시면 문을 닫았다. 이 도시에는 스타벅스처럼 카페에서 오래 머무르며 작업하는 문화는 없다고 했다. 정착할 작업실을 물색해야 하는 내게 조력자가 나타났다.

나폴리에서 맞는 첫 주말에 나폴리오리엔탈대학교

의 박사과정생, 제시카와 스프리츠를 마셨다. 비좁은 골목길에 서서 마시는 바였는데, 이탈리아 사람들 모두가 그 주황색 칵테일을 마셨다. 제시카는 한국학을 전공하고 있었다. 그녀는 밀라노 근처의 크레모나라는 곳에서 온 이탈리아 북부 출신이었다. 제시카는 베네치아에서 대학을 졸업한 뒤 중국에서 공부를 했으며, 벨기에에서도 일했고 전주에서도 짧게 일한 경력이 있었다.

"역마살이라고 들어봤어?"

나는 세계 곳곳을 이동하며 살아온 제시카에게 '역마살'이라는 단어를 알려주었다. 제시카는 한국의 무형문화재에 대해 연구 중이라며 '농악'에 대해 이야기했다. 먼 이국땅에서 나보다 한국의 무형문화재에 대해 잘 아는 이탈리아인을 만나니 신기한 기분이었다.

우리는 영어로 대화를 나눴다. 짧은 영어에 대한 걱정을 많이 했는데 신기하게도 다양한 이야기를 나눌 수 있었다. 이탈리아에 오기 전 《먼나라 이웃나라: 이탈리아 편》에서 봤던 내용—북부와 남부의 갈등과 차이—에 대해서 정말로 그러하느냐는 질문도 하고, 한국과 이탈리아의 다른 연애관에 대해서도 이야기를 나누었다. 제시카는 그야말로 나와 반대 성향의 사람이었다. 내가 집돌이고 혼자 있는 것을 좋아한다면, 제시카는 사람 만나는 것을 좋아하고 진취적이며 독립적이고 역마살이 있는 삶을 살아왔다. 나는 짧은 영어로 내 이야기를 들려주었다. 지역적인 역마살은 없지만, 한 분야에 정착하지 못하고 분야를 바꾸며 살아온 나도 남들이 보면 꽤 독특한 이력을 지녔다고 할 수 있었다.

십대 시절엔 힙합 음악에 빠져 랩을 하고 싶어 했는데 뮤지션이 되지는 못했다. 나는 십대 중반부터 이십대 중반까지 내가 쏟은 힙합에 대한 애정을 담아 〈투 올드 힙합 키드〉라는 다큐멘터리를 만들었다. 그래도 영화제에서 상도 받고 작은 규모지만 독립 영화관에서 개봉도 했다. 그 작품을 포트폴리오 삼아 나는 한국영화아카데미에 들어갈 수 있었다. 그 이후 영화 학교에서 단편영화 한 편과 장편영화 한 편을 만들었다. 한국영화아카데미에 들어가고, 그 안에서 추가 선발되어 장편영화를 만드는 것은 한국의 영화학도라면 누구나 바라는 코스일 것이다. 그러나 나는 그 기회를 잘 살리지 못했고, 충무로 산업에 진입하지 못한 채 힘든 시간을 보냈다. 그러고 이십대 중반부터 삼십대 중반까지 내가 쏟은 영화에 대한 애정을 담아 《GV 빌런 고태경》이라는 장편소설을 썼다. 이렇게 보면 내 인생은 한때 사랑했던 것을 떠나보내며 새로운 곳에 진입하는 경험의 연속이었다고 볼 수 있다.

제시카와 영어로 대화하면서 말을 세련되게 포장할 어휘력이 부족하다고 느꼈다. 가끔은 너무 쉬운 단어가 생각나지 않아 검색을 하곤 했다. 그러면서 한국에 대해, 나에 대해 문법도 안 맞는 영어로 더욱 직설적으로 말했다. 가령 이런 문장.

'영화감독은 배의 선장이라는데, 나는 그런 타입의 사람이 아니다'라는 문장을 이렇게 말했다. "무비 디렉터 이즈 캡틴, 벗 아임 낫 어 캡틴 가이."

그렇게 이국의 언어로 소리 내어 말하고 나자 정말 뭔가가 명쾌해지는 느낌이었다. 이전까지는 그렇게 단정 지어 말한 적이 없었다. 한국에서는 내가 영화에 '실패'했다고도 말한 적이 없었다. 감독이 스스로의 작품을 실패작이라고 말하기에, 영화는 개인만의 작품이 아니다. 비바람과 먼지를 뒤집어써가며 고생한 스태프들과 평생 필름에 남은 출연 배우들이 존재한다. 하지만 영어로는 이상하게도 그 단어가 크게 다가오지 않았다. 내 스스로 그렇게 말하고 나자, 내 인생의 한 막이 깔끔하게 내려가는 느낌이 들었다.

제시카는 내게 영화 만들기와 소설 쓰기의 차이를 물었다. 소설은 자신의 시간만 들이면 된다. 혼자서 쓴 소설 한 편이 실패한다고 해서 사람이 폐인이 될 정도는 아닐 것이다(물론 책의 경우 함께 고생한 편집자와 출판사에 미안할 수는 있겠지만). 영화는 그렇지가 않다. 얽혀 있는 거대한 욕망과 이해관계들을 생각하면, 영화 한 편이 실패했을 때 한 사람의 인생이 망가지는 것도 부지기수다. 한 편의 영화를 찍기 위해 투자와 제작 지원의 기회를 얻기가 너무 힘들다. 대신 기회가 좀처럼 주어지지 않는 그 상황을 핑계 대며 자신을 엄폐할 수도 있다. 반대로 소설을 쓸 기회를 얻기 위해서는 자신의 시간만 확보하면 된다. 고로 소설의 영역으로 넘어온 이상 왜 내게는 기회가 주어지지 않느냐고 핑계 댈 것이 전혀 없는 것이다. 엄폐할 바위가 없는 벌판에 홀로 남겨진 느낌. 오롯이 내게 달린 일이라는 사실이 가끔 무겁게 다가온다.

며칠 후 제시카는 도서관 담당자에게 메일을 보내 내가 나폴리 중심가에 위치한 브라우(BRAU)도서관을 이용할 수 있도록 등록을 도와주었다. 브라우도서관에는 제시카의 친구들인 조르다노, 아그니, 마테오, 엘사가 있었다. 이들은 나처럼 나폴리 출신이 아니고 각각 일본과 인도네시아, 중국 등을 공부하는 나폴리오리엔탈대학교의 박사과정생들이었다. 도서관 4층 좌석에 앉으면 창밖으로 베수비오 화산과 바다 건너 소렌토가 보였다. 도서관에서 보기에 황홀한 풍경이었다.

노트북과 책상과 의자만 있으면 어디에서라도 글을 쓸 수 있는 게 작가라지만, 레지던스에 머무는 기간이야말로 본분을 상기하게 한다.

'너는 글을 쓰는 작가다. 글을 쓰라고 이런 좋은 경험을 제공받는 것이다.'

나폴리에 도착하기 전에는 이런 도서관을 이용하게 될 줄 몰랐고, 도서관에서 공부하는 박사과정생 친구들과 어울리게 될 줄도 몰랐다. 이곳을 매일 이용할 수 있는 것만으로도, 나폴리까지 온 보람이 있었다.

아이고, 맘마미아!

한국에서 나는 운동과는 담을 쌓고 살았다. 도서관을 왔다 갔다 하는 것 이외에는 그저 '숨쉬기운동'뿐이었다. '운동해야지, 해야지' 입으로만 다짐하던 게 과연 몇 년째일까. 근력 운동을 하지 않은 것도 문제였지만, 기본적인 체력도 부족했고, 무엇보다 유연성이 가장 심각했다. 종일 의자에만 앉아 있으면서 무릎 안쪽 오금 부분의 근육이 심하게 단축되어 있는 것을 느꼈다.

게다가 지난 1년은 스트레스 가득한 힘든 시간을 보내며 살이 많이 쪘다. 움직임이 적고 군것질을 좋아하니 살이 찔 수밖에 없었다. 체중이 늘 오르락내리락하던 수준을 훌쩍 넘어 최대 몸무게를 경신한 이후로는 다시 이전의 몸무게로 돌아갈 엄두가 나지 않아 자포자기 상태에 이르게 되었다.

엄마는 내게 '운동하는 건 건강 은행에 저축하는 것'이라고 어르신들 단톡방에서 주고받을 법한 말을 하곤 했는데, 그 말 때문인지 운동을 안 한 나는 늘 건강의 부채가 쌓이는 느낌이었다. 이런 느낌은 내 몸에 대해서뿐만 아니라, 내 삶에 대해서도 마찬가지였다. 어느 순간부터 내 삶은 지난날을 만회하기 위한 삶, 회복하기 위한 삶이 되어버렸다. 그러므로 항상 삶에 쫓기는 기분이었고 멈춰 서서 행복을 느낄 여유는 적었다.

어떤 운동이든 몇 년 이상 꾸준히 한 사람들을 부러워하면서도 나는 대체 왜 낮에는 글 쓰고 저녁엔 운동하는 건강한 루틴을 갖지 못한 것일까? 팟캐스트나 인터뷰 같은 곳에서 선배 작가들이 운동의 필요성을 언급할 때마다 위기의식만 느낄 뿐 의자에 본드를 바른 듯 한번 붙어버린 엉덩이는 움직여지지 않았다(엄마는 내 별명을 엉덩이에 본드 붙였다고 '엉뽀이'라고 지었다). 역시나 종일 앉아 있는 좌식 생활에 망가진 몸이 여기저기 통증을 호소하기 시작했다. 나는 그런 상태를 알고 있으면서도 그동안 운동이 아닌 '아이템발'로 버텨왔던 것이다. 인체 공학 의자를 찾아다니고, 인체 공학 키보드와 마우스, 전동 책상 등을 구매하면서 말이다.

'이루고 싶은 게 있다면 체력을 먼저 기르라'는 〈미생〉의 명대사처럼, 체력이 안 되면 금세 집중력이 떨어지고 쉽게 쉬고 싶어지고 아무것도 안되는 거였다. 어릴 적에는 의지와 인내력, 집중력을 내 장점이라고 생각했다. 그러나 언젠가부터 체력이 떨어져선지 나의 집중력은 ADHD를 의심할 수준이 되었다. 의지와 인내력, 집중력이 점점 고갈됨을 느꼈다. 아직 창작력의 왕성한 전성기를 맞이하지도 못했는데…… 언제까지고 '이번에도 어떻게든 버텼네'라는 식일 수는 없었다.

내가 정말 성공(?)하게 된다면, 기후 좋은 열대 섬에서 요가를 배우며 건강을 되찾는 시간을 보내고 싶다. 돌이켜보면 나는 성공이란 단서를 달고 핑계 대며 미루고 있었다. 과연 성공의 기준은 무엇일까? 내가 나에게 언제 그런 시간을 선물할까? 그러나 나는 운 좋게 영상화 관권

계약을 하거나 공모전 상금을 타서 목돈이 들어오더라도, 나에게 좀처럼 선물을 못 하는 사람이었다. 물론 큰 비용을 들이지 않더라도 걷기와 달리기, 스쾃과 플랭크만 꾸준히 하면 건강할 수 있다는 것을 알지만…… 실천은 쉽지 않다. 어째서 꼭 돈을 써야만 운동을 하는 것일까. 그러던 중에 안드레아 교수님이 함께 다니자고 필라테스를 권하셨을 때 나는 이거다 싶었다.

늦었다고 생각할 때가 정말 늦었을 때라지만 그래도 안 하는 것보다는 훨씬 낫다. 그때 안드레아 교수님이 아니었다면, 나 혼자서 나폴리에서 운동할 곳을 찾아보고, 등록할 생각은 하지 못했을 것이다. 정말 감사한 일이었다.

필라테스 스튜디오는 나폴리의 번화가인 톨레도 거리의 갤러리아 빌딩에 자리 잡고 있었다. 숙소에서는 3킬로미터, 대중교통이 불편해 40분 거리를 걸어다녔다. 수업은 한국에서 '필라테스'라고 하면 흔히 떠올리는 기구 운동이 아니라, 짐볼, 필라테스 링과 같은 소도구를 이용한 운동이었다. 아침 9시, 열몇 명의 아주머니들과 함께 운동을 했다. 안드레아 교수님은 그녀들이 짓궂은 농담을 즐기는 아주머니들이라고 소개했다. 그들 중 누군가가 수업 시간마다 수다스럽게 한마디를 하면 다들 웃음을 터

아이고, 맘마미아!

트리는 분위기였다. 알아듣지는 못했지만 대략 성적인 이
야기도 거침없이 하는 한국의 어머니들과 비슷한 듯했다.

우선 월수금 아침 필라테스 운동을 등록하고 나자
루틴이 생겼다. 공복에 필라테스까지 마친 뒤 도서관 아
래 있는 카페에서 탄산수를 마시고 에스프레소를 한 잔
마시면 기운이 났다. 허기질 때 먹는 빵이 그렇게 맛있
을 수가 없었다. 재미있었던 점은 월수금 각각 다른 세 명
의 강사가 전부 건장한 남성들이었다는 점이다. 나는 중
년 여성들이 곧잘 하는 동작도 따라 하기 힘들어하는 나
의 몸뚱어리가 부끄러웠다. 덩치만 보면 내 건강 상태는
그다지 나쁘지 않아 보인다. 어깨가 넓어 건장한 체격이라
는 말을 많이 듣지만 내 근육량은 부끄러운 수준이다. 이
탈리아어를 알아듣지는 못하지만 눈치로 동작을 따라 하
다 보면 제일 먼저 외우는 것은 숫자였다. 얼차려를 받는
듯한 자세로 부들부들 몸을 떨면서 버티다 보면 1부터 10
까지 숫자를 자연스레 외우게 된다.

우노, 두에, 트레, 콰트로, 친쿠에, 세이, 세테, 오토, 노
베, 디에치.

난이도 있는 동작을 할 때마다 중년 여성들의 입에

서는 맘마미아! 소리가, 내 입에서는 아이고! 소리가 절로
나왔다.

그렇게 나폴리 시내를 많이 걸어 다니고 필라테스도
꾸준히 하자 애플워치가 활동량에 변화가 생겼다는 알림
을 계속 울려댔다. 음식이 맛있는 이탈리아에 가서 다시
살이 쪄서 돌아오는 것 아니냐는 우려와 달리 오히려 살
이 빠지기 시작했다. 초반에는 근육통이 있었지만 몸이
가벼워졌고 목과 어깨에 만성적이던 통증이 완화되었다.
활동량에 변화가 생기니 대사량에 변화가 생긴 것일까?
식이요법을 하지 않고 이탈리아의 미식을 즐기는데도 턱
선이 생겼다.

나폴리에서는 많이 걸을 수밖에 없다. 처음 지하철을
이용해보고 그 이유를 알았다. 지하에서는 전화도 안 되
고, 인터넷도 잡히지 않아 미리 지상에서 지하철 출입 큐
알코드를 화면에 띄워두고 내려가야 한다. 열차는 30분을
기다려야 했다. 숙소에서 주요 중심지까지 30분이면 걸어
갈 수 있으니 걷는 것이 나았다. 나폴리 전철에 비해 (긴
배차 간격으로 악명 높은) 경의선은 차라리 축복이었다.

한국에서는 조금도 움직이지 않던 나이지만 이탈리

아에서는 일주일 평균 걸음이 2만 보를 넘겼다. 어느새 살이 쪘을 때 구매한 청바지가 흘러내려 벨트를 사야 했다. 그렇게 버겁게 느껴지던 감량에 성공했고 원래 몸무게를 되찾았다. 한국에서 최대 몸무게였을 때보다 8킬로그램 가까이 빠진 것이다. 내가 좀처럼 움직이지 않아서 살이 찐 거라는 엄마의 잔소리가 맞는 말이었다는 게 증명되어 민망했다.

　너무 발달한 대중교통은 건강에 도움이 안 된다고 안드레아 교수님은 말씀하셨다. 편리를 위해 발명한 것이지만 오히려 기본 활동량을 줄어들게 만들어 건강을 퇴화시키는 결과를 낳는다는 것이다. 내 몸의 변화가 그 말의 증명이었다. 나폴리에서 지내는 동안, 한 시간을 걷더라도 시내에서 대중교통을 이용하는 일은 없었다. 발이 아플 정도로 걸어 다녔고, 집에 돌아오면 피곤해서 이른 밤 잠에 들었다. 한국에서 새벽까지 인터넷과 스마트폰에 빠져 있던 것과는 달랐다. 깊은 잠을 잤고 아침에는 알람이 아니라 새들이 지저귀는 소리에 깨어났다. 몸이 가벼워진 만큼 마음도 가벼워졌다.

사랑한다, 노래한다, 먹는다

　　이탈리아를 설명하는 세 개의 동사는 '아마레(사랑하다)', '칸타레(노래하다)', '만자레(먹다)'라고 한다. 여러 해 동안 앉아서 글만 쓰다가 작년 인생 최대 몸무게를 찍은 나는 탄수화물을 끊음으로써 감량해가는 중이었다. 그러나 미식의 나라 이탈리아 생활을 하게 된 이상 '만자레'할 수밖에! 아침엔 에스프레소와 코르네토, 점심엔 파스타, 저녁엔 피자를 먹는 매우 이탈리아다운 일상이 이어졌다.

이탈리아의 음식 문화 중에 특히 빵으로 접시를 깨끗이 닦아 먹는 '스카페타(scarpetta)' 문화가 아주 마음에 들었다. 어릴 적 식판을 깨끗이 비워야 한다는 훈육이 주효했던 것인지, 나는 좀처럼 음식을 남길 줄 몰랐는데, 그것이 '좀 없어 보이는 것'이 아니라, 음식을 맛있게 먹었다는 증표이니 얼마나 좋은가.

그리고 늦은 저녁 식사 시간에 적응해야 했다. 한국이라면, 6시 반에 퇴근을 하면 7시에 술과 함께 음식을 먹을 것이다. 그러나 '아페리티보'라고 해서 이곳에서는 저녁 식사 전에 스프리츠 칵테일이나 맥주를 마시는 문화가 있다. 그리고 9시 정도가 되어서야 이제 저녁을 먹으러 가자고 했다.

다들 정말 잘 먹었다. 한국에서 음식을 빨리 먹는 편인 내가 여기서는 항상 꼴등을 했다. 그런데 잘 먹는 것에 비해선 비만 인구가 별로 보이지 않는 것 같았다. 그들에게 묻자 "많이 걷고, 정크 푸드가 아닌 좋은 음식을 먹어서"라고 자부심이 느껴지는 대답을 했다. 신선한 모차렐라 치즈, 토마토, 햄, 바질, 빵, 파스타. 사실 요리법도 참으로 간단했다. '재료발'이 끝내주는 이 나라에 질투가 날 정도였다. 잘 먹는데도 살이 빠진다니 이곳이 진정한 파라

다이스였다.

　매일 맛있는 음식을 먹으며 감회가 새로웠다. 지난해 8월, 코로나에 걸렸던 나는 미각을 잃었었다. 대부분 보름이면 미각이 돌아온다고 하는데 나는 두 달 가까이 돌아오지 않았다. 두려웠다. 같은 증상에 대해 열심히 검색해 봤지만 미각을 잃었다는 글들은 많이 보여도 돌아온 경험은 보이지 않았다. 그때는 실제로 우울했다. 정말 아무 맛이 느껴지지 않았기에, 사람들을 만나 좋은 음식을 먹을 이유도 없었고, 모든 기쁨과 가치가 없어지는 느낌이었다. 여행을 갈 큰 이유도 사라졌다.

　전염병에 대한 몸의 감각이 제각각 다르다는 것, 그래서 나와 같은 경험을 한 사람을 찾기 어렵다는 게 공포를 가져왔다. 끔찍한 일을 겪은 사람은 나만 이런 일을 겪는 게 아니라는 사실 자체로 위로받곤 한다. 나는 힘든 시기에 책에서 큰 위로를 받았고 그것이 나를 살게 했다. 이 말은 과장이 아니다. 물론 '희망 같은 것은 전부 거짓'이라고 인생에 대해 글을 쓰는 작가도 있겠지만, 나는 문학의 가치가 어둠 속에서도 어떻게든 빛을 찾는 것, '고통스러운 지금이 지나가리라'라고 말해주는 데 있다고 믿는다.

브라우도서관에 매일 다니며 제시카는 물론 여러 박사과정생 친구와 어울렸다. 돌계단에 앉아 점심을 먹고, 도서관에서 누군가 지쳐서 "커피 타임?" 하고 물으면 다 같이 자판기가 있는 정원에 내려가 커피를 마셨다. 6시 반, 도서관이 닫는다는 방송이 흘러나오면 [관리인은 녹음을 틀지 않고 매번 "아텐치오네[주목]"라고 한 후에 집에 갈 시간이라고 직접 말했다] 퇴근해, 스프리츠나 맥주를 마시며 아페리티보 시간을 가졌다. 내가 캠퍼스물에 들어와 있는 듯했다.

친구들과 밥을 먹는 일에는 돈을 아끼지 않았다. 피자와 해산물과 맥주를 먹으니 어제도 행복하고 오늘도 행복했다. 친구들과 전채에 후식까지 피제리아에서 20유로씩 써도 저들도 먹는데 뭐, 하며 죄책감이 덜했다(나눠 내는 게 당연한 이곳의 문화 덕에 카드로 일곱 명이 나눠서 결제해도 식당은 조금의 불평도 없었다).

이들과 함께 일상을 보내면서, 힘들었던 시기 내게 필요했던 시간이 뒤늦게 찾아온 게 운명처럼 느껴졌다. 아득한 운명의 시차. 영화 학교를 졸업하고 아무 소속도 없어진 나는 히키코모리처럼 칩거하며 보냈다. 내게 필요했던 건 그 혹한기를 함께 보내고 견딜 친구들이었다. 작업실을 같이 쓰고, 함께 밥을 먹으며 시시껄렁한 농담을 할 친구들.

훗날 《나는 가해자의 엄마입니다》의 한 대목을 읽으며 그 시기에 내가 위험한 상태였다는 것을 자각했다. 저자는 오래 지속되면 자살로 이어지는 위험한 사고 두 가지를 언급한다. 첫째는 좌절된 소속감("나는 혼자야")이고, 둘째는 스스로를 짐이 되는 존재로 생각하는 것("내가 없으면 세상이 더 나아질 거야")이다.

박사과정생 친구들에게는 이탈리아인들이 발음하기 어려운 '정'보다 더 쉬운 '건'이라고 부르라고 총 모양을 만들어 보이며 내 이름을 알려줬다. 그들이 내 짧은 영어를 견뎌준 덕분에 내 발화와 사고도 담백해지는 듯했다.

§§

"건, 그래서 나폴리 생활은 어때? 이곳에서 지내는 게 좋아?" 제시카가 내게 물었다.

"응. 나 요즘 정말 행복해. 이곳에서는 나이를 잊고 지내고 있어."

나는 여러 커리어를 전전했고, 그것이 어느 하나 제대로 쌓이지 않았다는 생각에 사로잡혀 지냈다. 잘나가는 누군가의 나이를 따져보고, 내가 항상 늦었다고 생각했다. 제멋대로 사는 것 같으면서도 한국 사회에서 내 나이면 갖춰야 할 것들에 제법 스트레스를 받고 있었구나, 자각했다.

나는 이곳에서 스스로를 누구와도 비교하지 않았다. 한국에서는 종종 누군가와 나를 비교하며, 쓸개즙이 역류하는 것 같은 씁쓸함과 초조함을 느낄 때가 있었다. 이곳에서는 내가 누구와도 비교할 필요가 없는 고유한 삶을 살고 있다는 감각이 충만했다. 나폴리가 다른 곳에 비해 비교적 덜 알려진 곳이라는 점도 좋았다. 한국 관광객들을 제법 마주칠 줄 알았는데, 동양인은 이 도시에서 거의 찾아보기 어려웠다. 누군가는 "킴, 킴, 킴!(김민재)" 외치며 반기기도 했지만 매번 이방인을 향한 시선을 느꼈다. 이 도시에서 나는 혼자였다. 어둑한 저녁이 되어 혼자 숙소로 오는 길에 주황빛 조명들로 반짝이는 도시를 보면 고독함과 동시에 자유로움을 느꼈다.

친구들과 먹는 데는 돈을 아끼지 않았지만, 혼자가 되면 아끼던 버릇이 나와 1유로짜리 빵을 찾아 끼니를 때우곤 했다. 자본주의의 보이지 않는 손은 놀랍도록 정확해서 1유로짜리 피자빵은 아무리 전자레인지에 뜨겁게 데워도 2유로짜리보다 맛이 없었다. 질긴 빵을 씹으며 나는 제시카와 나눴던 대화를 떠올렸다.

"90일간 지내는 시간을 선물처럼 생각하고 있어. 한국에서는 내가 그럴 자격이 없다고 생각했던 것 같아. 내게 주어지는 이런 시간은 한 번뿐이라는 마음으로 내게도 더 관대해졌어. 내가 돌아가서도 선물처럼, 이런 마음가짐으로 살아가면 이전보다 행복하지 않을까."

카페 소스페소

에스프레소 기계를 발명한 나라인 이탈리아는 널리
알려진 대로 커피에 대한 자부심이 대단하다. 밀라노와
로마 같은 대도시를 제외하면 스타벅스를 찾아보기 힘든
나라다. 그런데 정작 스타벅스 메뉴의 많은 용어들이 이
탈리아어(마키아토, 그란데 등)에서 유래한 것이라는 게 재
미있다. 이탈리아에서 인구가 세 번째로 많은 남부 최대
도시인 나폴리에도 스타벅스가 없었다(그러나 이 책이 출간
되는 사이 결국 생겼다고 한다).

"카페인과 칼로리는 반드시 복수한다."

카페인에 약한 편인 나는 트위터에 이런 말을 남긴 적도 있었다. 아마도 오후 미팅 때 '부주의하게' 커피를 마신 후, 그날 밤 새벽 늦게까지 심장이 뛰고 잠이 안 와 후회하며 또랑또랑한 정신으로 글을 남겼을 것이다. 에스프레소 투 샷이 기본인 한국의 카페에서 나는 늘 '연하게' 혹은 한 샷만 넣어달라고 한다. 오후에는 그마저도 피해야 하는데, 커피를 마시고 잠 못 들고 후회하고 다짐하는 걸 반복한다.

그런 나의 이탈리아 커피 생활은 어떨까. 한국에서보다 일찍 잠에 들고 일찍 일어나는 생활 속에서 커피를 꽤 자주 마시게 되었다. 먼저 아침에 일어나면 모카포트로 에스프레소를 한 잔 내려 마신다. 모카포트는 고장 날 일이 거의 없어서 할머니 대에 쓰던 것을 물려받아 쓰는 경우가 많다고 했다. 아주 오래된 모양의 모카포트일수록 더 가치가 있어 보인다.

안나에게 배운 대로 모카포트를 돌려 연 뒤 물을 따르고 바스켓에 분쇄 원두를 꾹꾹 눌러 담아 다시 돌려 잠근다. 약한 불에 올려두고 기다리면 금방 물이 끓고 커피가 만들어진다. 원두를 직접 갈아서 거름망에 놓고 천천히 물을 따라 만들어 마시는 핸드드립 커피만큼은 아니지만, 간편하게 뭔가를 스스로 만들어내는 듯한 기분이 좋다. 모카포트에 커피가 올라오기까지 멍하니 기다리는 시간이 주어지고, 나는 그 시간을 즐긴다. 아직 어두운 창밖으로 새소리와 함께 도시가 깨어나는 소리가 들려온다. 그렇게 에스프레소를 음미하며 비로소 하루를 시작할 준비를 한다.

필라테스를 다녀온 뒤엔 허기가 진다. 이탈리아는 아침 식사로 보통 코르네토에 카푸치노를 곁들인다(카푸치노는 주로 아침에 마시고, 오전 이후에 마시는 일은 드물다고 한다). 이탈리아 전통 페이스트리인 코르네토는 우리가 흔히 아는 크루아상과 생긴 것은 아주 비슷한데 조금 다르다. 버터가 크루아상보다 덜 들어간 코르네토는 바삭함이 덜하지만, 부드러운 식감이다. 빵 안에는 커스터드, 피스타치오, 누텔라 등 크림이 들어간다. 내가 가장 좋아하는 것은 피스타치오 크림 코르네토로, 베어 물면 즉시 행복해지는 맛이다. 코르네토나 크루아상 같은 초승달 모양 빵에 대한 기원은 여러 설이 있는데, 17세기 후반 오스트리아에서 오스만 제국에 맞서 승리한 것을 기념하기 위해 만들어졌다는 이야기가 가장 유명하다. 오스만 제국의

상징인 초승달을 닮은 빵을 씹어 먹으며 기쁨을 느꼈다
는 것이다.

벌써 두 잔의 커피를 마신 나는 도서관에 도착해 작
업을 하고 점심 식사 후에 커피를 한 잔 마신다. 그리고
오후에 공부하다 졸리거나 몸이 근질거리면 또 커피 한
잔을 하러 바에 내려간다. 커피를 마시는 곳을 '바'라고 한
다. '바르(Bar)'라고 발음하는 편이 더 정확하겠다. 그래서
바에서 일하는 사람들을 '바리스타'라고 부르는 것이다.
한국에서처럼 죽치고 앉아서 수다를 떤다기보다는 정말
에스프레소(espresso, '고속의', '빠른'이라는 뜻의 이탈리아어 형용
사)라는 말에 어울리게 서서 한 잔을 훌쩍 마신 뒤 동전을
내고 금세 자리를 비우는 식이다. 이탈리아에서는 카페에
서 에스프레소를 달라고 주문하지 않는다. 그냥 '카페(커
피)'를 달라고 한다. 이곳에서 커피는 곧 에스프레소다.

처음에는 한 모금이면 끝나는 에스프레소가 기별이
나 가겠는가 싶었지만 묘하게 중독되었다. 에스프레소 한
잔과 함께 내오는 탄산수는 커피를 마신 다음 쓴 입안을
입가심하기 위함이 아니라 커피를 마시기 전에 입을 헹
구는 것이다. 커피와 크레마의 맛을 제대로 느끼기 위해
서다. 기호에 따라 설탕을 넣고 스푼으로 휘휘 저어 한입

에 털어 마시면 강렬한 향이 입안에 남는다.

에스프레소는 기본적으로 한 샷을 마시기 때문에 자주, 짧은 커피 타임을 가질 수 있는 것처럼 보였다. 박사 과정생 친구들에게 묻자 하루에 기본적으로 대여섯 잔은 마신다고 했다. 나폴리에서 지내며 에스프레소를 하루에 두세 잔은 마셨지만 밤에 카페인 때문에 고생한 적은 없었다.

한번은 나폴리오리엔탈대학교에서 한국어를 가르치는 선생님들과 만나 오랜만에 한국어로 수다를 떨 기회가 있었는데, 모처럼 아이스 아메리카노를 시켰다. 한국에서 종종 듣던 우스갯소리처럼 아이스 아메리카노를 주문했다고 카페 점원이 뭐라고 비난하거나 하지는 않았다. 다만 자신이 직접 얼음에 에스프레소를 붓는 일을 저지르지는 못하겠는지 커피와 얼음과 물을 따로 내주었다.

◊◊

나폴리에는 '카페 소스페소' 문화가 있다. 소스페소(sospeso)란 '매달린', '걸려 있는', '미루어진'이라는 뜻을 가진 이탈리아어다. 즉 카페 소스페소란 '맡겨둔 커피'라는 뜻으로, 커피를 마시고 싶지만 가난해서 마시지 못하는 누군가를 위해 나누는 행위다. 혼자 와서 두 잔을 시킨다 거나, 두 사람이 와서 석 잔을 시킨다거나 하는 식으로, 누군가를 위해 '달아놓는' 것이다.

소스페소 문화는 커피에만 국한돼 있지 않다. 가령 미용실에도, 피자를 파는 피제리아에도 소스페소 문화가 있다. 돈이 없는 누군가를 위해 피자값을 내거나, 머리를 자를 비용을 달아놓을 수도 있다.

이러한 소스페소 문화는 이탈리아 북부에서는 찾아 볼 수 없는 남부의 문화라고 한다. 산업이 발달한 북부의 사람들은 개발이 덜 되고 농업 위주의 남부 사람들에게 게으르다고 한다. 남부와 북부의 소득 격차가 커서, 왜 우 리가 낸 세금으로 남부를 먹여 살려야 하느냐고 불만을 가진 북부인들도 많다. 남부인들은 그런 북부인들이 정이 없다고, 심장이 없는 냉혈한이라고 한다.

나폴리에서는 누군가가 식당이나 카페에 들어와 큰 목청을 돋우며 노래하거나 구걸하더라도 주인이 쫓아내 는 법이 없다. 한국이라면 영업에 방해된다며 내쫓았을 상 황인데도 그러지 않았다. 이 모든 게 다 같이 함께 먹고 살자는 남부의 정신에서 오는 것이다.

　　나눔, 연대와 관련해서 나는 할 말이 많지 않았다. 늘 가진 게 없는 쪽이었고, 내가 누군가에게 나눈다는 생각을 할 마음의 여유도 없었다. 그러나 나폴리에 머물면서, 외국인이라는 이유만으로 많은 환대와 도움을 받았다. 이 감각은 나 또한 이방인에게 도움을 줄 수 있다는 확신으로 바뀌었다. 한국에서도 따뜻한 커피 한 잔을 나누는 소스페소 문화를 기억할 것이다.

등가교환의 법칙

"휴, 정신없어."

4주 차가 됐을 때 내가 제일 많이 하던 말이다. 나폴리가 천국처럼 느껴지고 그토록 행복에 겨웠던 것은 딱 3주까지였다. 세 달간의 해외 레지던스 생활에서 기대하던 것 중의 하나, 고독으로 나를 밀어 넣겠다는 전략은 실패했다. 어느 도시가 매력이 넘치고 마냥 천국과도 같은 이미지로 기억되려면 최대 3주가 적당한 듯하다. 그 뒤로는 '생활'이었다. 그러나 내게 남은 체류 기간은 9주였다. 지

나온 날보다 남은 날이 더 많았다.

한국에서 '집돌이 굳이맨'이었던 내가 나폴리에서는 열린 마음으로 모든 제안을 수락하는 '예스맨'으로 지내고 있었다. 나폴리오리엔탈대학교의 선생님들도 뵙고, 석박사과정생들도 만나고, 브라우 친구들과의 아페리티보도 나누며 나는 무엇 하나 새로운 경험을 거절하지 않았다. 너무나 많은 스프리츠와 와인과 페로니(이탈리아 맥주)가 이어졌다. 환대는 무척이나 고마웠지만, 거절을 잘 못하는 나는 중간에 일어서는 것을 어려워했다. 그러고 후회하곤 했다. 이탈리아는 안 그럴 줄 알았는데, 집에 간다고 하면 붙잡는 건 마찬가지였다. "건, 실망이야······" 하며 누군가 붙잡으면, 나는 붙잡혔다. 단호하지 못한 내가 싫었다. 나는 거절에 재능이 없었다.

불금의 벨리니 광장은 홍대보다 더 장관이었다. 서서 마시는 문화가 발달한 이곳에서, 테이블이 없는 건 이들에게 전혀 문제가 되지 않았다. 이제 그만 헤어지자고 자리에서 일어선 뒤에도, 거리에 서서 페로니 맥주병을 들고 두 시간을 넘게 대화했다. 정말이지 수다스러운 이탈리안들!

나는 지쳐갔다. 결국 한국에서도 종종 쓰던 마법의 문장, "제가 마감이 있어서……"를 시전하기 시작했다(그리고 그건 사실이었다). 그것은 영어로 "아이 헤브 어 데드라인"이었고 'Deadline'이라는 단어의 어감은 아주 효과적이었다.

어서 집에 가 혼자 카뮈를 읽고 싶었다. 전자책을 몇 권 담아오긴 했지만, 종이책은 오로지 카뮈의 산문집뿐이었다. 지중해 예찬이 담긴 카뮈의 에세이를 바로 그 지중해에서 읽고 싶었기 때문이다. 그러나 제시카는 나폴리 앞바다는 지중해가 아니라 '티레니아해'라고 정정해주었다. 좀 로망이 깨지는가 싶었지만 넓은 의미에서는 지중해가 맞았다. 카뮈의 산문집 《결혼·여름》을 읽고 있는데 이런 대목이 눈에 들어왔다.

"세계는 딱 한 가지 말밖에는 하지 않는다. 흥미를 끌고 나서는 싫증 나게 한다."*

만물은 변화하고, 형체 없는 사람의 마음은 더욱 그러하다. 페기 리의 노래 〈I Don't Want to Play in Your Yard〉가 떠올랐다. 가사 중 "I don't like you anymore"라는

---

* 알베르 카뮈, 《결혼·여름》, 김화영 옮김, 책세상, 2008년, 101쪽 .

대목은 세상의 모든 슬픔을 축약한 말이라고 생각한다. 나폴리에 대한 흥분은 벌써 잦아든 것일까. 마냥 행복하던 나의 마음은 왜 변한 것인가? 피로가 한꺼번에 몰려온 것일 수도 있었다. 다른 것은 모두 좋았다. 나를 괴롭히는 것은 소음, 매연, 추위, 와이파이 문제였다.

나폴리의 특산품이라면 바로 그 정신 사나운 소음이다. 이곳에서 일주일을 보낸 뒤에는 누구라도 고요의 소중함을 깨닫게 될 것이다. 아무도 신호를 지키지 않는 차도를 건널 때뿐만 아니라, 좁은 골목을 걷고 있을 때도 끊임없이 오토바이와 차들이 경적을 울려대며 지나갔다. 긴장, 또 긴장해야 했다. 그렇게 종일 신경을 곤두세우고 예민해져 있는 탓에, 숙소에 돌아오면 피곤함에 9시, 10시면 퓨즈가 뽑힌 듯이 잠들었다. 예로부터 수많은 저자가 산책이야말로 깊이 생각하고 아이디어를 떠올리기 좋다고 입을 모아 말했다. 좋지 않은 교통편 덕에 많이 걷기는 했지만, 사유하기에 좋은 도시는 아니라고 단언할 수 있다. 음악 소리, 개 짖는 소리, 비행기 소리, 사람들의 끝없는 파도. 특히나 번화한 스파카 나폴리나 톨레도 광장에서 인파에 휩쓸려 걷다 보면 혼이 빠지는 느낌이었다.

소음에 시달리다 보니 짜증이 올라오기 시작했다. 숙소에서조차 비행기 소리와 차 소리는 너무 컸고, 밤 12시가 가까워져 오면 도시 어디선가 대포 소리 같은 폭죽을 터트려 댔다(대부분은 축구팀의 승리 때문이었지만, 마약이 도착했음을 알리는 신호라는 출처 없는 이야기도 들었다). 소음이 몸에 새겨지고 있었다. 이 도시 어디에서도 소음을 피할 수 없을 것 같았다.

아무도 내게 말을 걸지 않는 도서관의 구석 자리에 앉아 있으면 큰 행복을 느꼈다. 도서관이 닫는 시간은 곧 험난한 소음의 파도 속에 다시 몸을 던져야 하는 시간이었다. 인간은 어찌하여 이렇게 만들어진 걸까.

인간은 이런 경험을 해봐야 아무 소음 없는 집에서의 평화가 얼마나 귀한지 알고……
인간은 돈을 내야 비로소 운동을 하고……
인간은 어리석고……
인간은…… 참 재미있다.

나를 힘들게 하는 두 번째는 매연이었다. 수많은 차와 오토바이에서 뿜어 나오는 매연에 더해져, 빵 가판대 앞의 점원도, 유아차를 모는 부모들도 자연스럽게 담배를 피워 댔다. 한국에서 나는 간접흡연에 엄격한 사람이었지만, 모두가 당연히 여기는 이곳에서 그에 대해 화를 내는 것은 바보짓이었다.

세 번째로 추위가 더해졌다. '남부의 미항' 하면 떠오르는 좋은 날씨보다는 비가 내리는 궂은 날씨가 이어졌다. 길은 언제나 질척였고 잘 포장되지 않은 돌바닥에서 물이 튀어 올라 자주 신발이 젖었다. 한국은 일찍 봄이 찾아왔다는데 나폴리는 오히려 한국보다 기온이 낮았다. 숙소 주인 안나가 두꺼운 이불을 내주었지만, 18세기에 지어진 유럽의 건물들은 기본적으로 추웠다.

거기다 마침 숙소와 도서관의 와이파이가 말썽을 부렸다. 인내심이 바닥나기 시작했다. 좋은 숙소란 무엇인가? 솔직히 인테리어 같은 덴 조금의 관심도 없었다. 따뜻한 방, 온수 샤워, 흔들리지 않는 책상과 의자 그리고 와이파이 그것이면 되었다. 이유를 알 수 없는 네트워크 고장은 나를 미치게 만들었다. 어느 날은 휴대폰이 안 되고 노트북이 되고, 어느 날은 그 반대였다. 게다가 다른 친구들은 멀쩡하게 되는데, 내 노트북만 와이파이 문제를 일으켰다. 뭐 달리 건드린 것도 없었다. 이건 정말 현대인의 카프카적인 고통이다. 온갖 방법을 써봤지만 해결할 수 없었다.

물론 행복했다. 하지만 놀라움과 새로운 것에 대한 흥분은 잦아들고, 소음과 매연과 석회수로 인해 건강을 잃어가고 있는 것 같았다. 소음의 파도 속에서 허우적거리며 이 도시의 매연을 들이켜고 있노라면, 매일 먹는 맛있는 음식, 내가 맛보는 행복과 나의 돌이킬 수 없는 건강을 맞바꾸고 있는 듯한 기분이 들었다. 등가교환의 법칙은 이곳에서도 예외 없이 적용되었다. 아무 고통도 없이 행복을 얻을 수는 없는 노릇이다.

앞서 《결혼·여름》에서 인용한 문장에 카뮈는 곧바로 다음과 같은 문장을 덧붙인다.

"그러나 끝내는 집요한 고집으로 이기고 만다. 세계는 언제나 옳다."[*]

과연 그러할까. 5주 차에는 나폴리오리엔탈대학교의 한국학과 학생들과 만나는 첫 행사가 나를 기다리고 있었다.

---

[*] 앞의 책, 101쪽.

마른 멸치와 안초비

레지던스가 결정되고 현지에 소개할 작가 키트를 만들어야 한다고 했을 때 나는 내 단편소설 중에서 고민 없이 〈아이 틴더 유〉를 선택했다. 데이팅 앱인 '틴더'는 국제적으로 사용되고 있기에 틴더에서 만난 '솔'과 '호'의 이야기로 이곳의 학생들과도 무리 없이 소통할 수 있을 것이라고 생각했기 때문이다. 사라와 번역에 대해 이야기를 주고받으며 재밌는 에피소드들이 많이 생겼다.

"신춘문예라니, 왠지 멸치에다 깡소주 잘 마실 거 같다."

솔과 호의 사이가 소원해졌다가 오랜만에 연락했을 때, 호가 신춘문예에 당선되었다고 하자 솔이 보이는 반응이다. 이 문장을 과연 어떻게 번역할 것인가? 두 가지 방법이 있을 것이다. 원문 그대로 번역하고 주석을 달아 설명하는 방법과, 이탈리아의 맥락에 어울리게 의역하는 방법. 나는 사라에게 맥락에 맞게 의역하는 것도 괜찮다고 말했다. 이미 봉준호 감독이 〈옥자〉에서 강조하지 않았던가.

번역은 신성하다.

"강소주의 사전적 의미는 안주 없이 마시는 술이니까 엄밀히 말하면 멸치 안주도 없어야 맞아요(사라에게 설명하면서야 내가 단어의 뜻을 엄격히 따져가며 사용하지 않았구나 알아차렸다). 표준어는 '강소주'라고 써야 맞는데 대화니까 어감상 '깡소주'라고 썼어요. 그리고 멸치. 유럽에도 멸치가 있긴 하죠? 안초비(그러나 안초비에도 우리나라의 마른 멸치 안주가 갖는 뉘앙스가 담겨 있을까?)."

유럽에는 아예 존재하지 않는 개념인 '신춘문예'도

설명해야 했다. 전 세계적으로 유례없는 신춘문예 제도와 한국 사회의 특징에 대해 상세히 취재하고 분석한 장강명 작가의 르포 《당선, 합격, 계급》을 권하고 싶었지만 번역하기에도 한시가 급했다.

"더 이상 아무도 종이 신문을 읽지 않는 시대에 종이 신문사에서 주최하는 콘테스트를 통과해야 작가가 될 수 있다니, 정말 우습죠?"

"유럽에서는 어떨지 잘 모르지만 호가 신춘문예에 당선 됐다고 하니까 요즘 아티스트라기보다는 이제는 사라진 중세 시대의 시인이나 작가 느낌이 난다고 하면 될까요? 그런 사람들에게 어울리는 와인이나 술 같은 게 있으면 그렇게 번역하면 잘 맞을 것 같아요. 이탈리아에서 멸치 대신 가난한 사람들이 먹는 안주 같은 것도요. 포인트는 '가난하지만 낭만적이고 술 잘 마실 것 같다'라는 이미지예요."

이런 메일과 카톡을 몇 차례 주고받은 끝에, 어차피 이 작가 키트를 읽을 독자는 한국어와 한국 문화를 공부하는 학생이 대다수일 테니 최대한 직역을 하고 주석을 다는 편이 낫겠다고 판단했다. 이 단편소설에서 핵심적인 표현인 '서로의 스페어'라는 표현에 대해서도 이탈리아에서는 '스페어'라는 단어를 사용하지 않는다는 이야기를 들으며 우리나라가 영어 단어를 참 많이 사용하는구나, 새삼 느꼈다.

첫 행사는 코릴리아노궁의 근사한 행사장에서 성황리에 치러졌다. 사라의 도움으로 이탈리아어 자막을 입힌 나의 자전적 다큐멘터리 〈투 올드 힙합 키드〉의 도입부를 함께 감상했는데 반응이 좋았다. 돈 안 되는 예술 같은 것을 해서 어떻게 먹고살 거냐는 어머니상은 세계 어디에서나 공감을 일으키는 모양이었다.

이날 행사명인 '네모가 되기를 빌고 빈 세모'는 소설집 《아이 틴더 유》에 실린 동명의 에세이를 편집한 나의 이야기였다. 발표문의 골자는 이렇다. 나는 항상 어디에 있어도 내게 맞지 않는 신발을 신은 것처럼 느꼈지만, 그것이 내가 '네모가 되기를 바라는 세모'라서 그런 것 같다고, 그것이 내 운명인 것 같다고. 그러나 네모가 되기를 바라는 네모였다면 더 안온한 삶을 살 수도 있었겠지만, 이야기의 세계에서는 그것이 매력적이지 않다고. 네모가 되기를 바라는 세모가 더 문학적이라고. 내가 살아온 이야기를 들려줄 수 있어서 좋았다.

마른 멸치와 안초비

2023년 발간된 한국국제교류재단의 〈2022 지구촌 한류 현황〉에 따르면, 이탈리아의 한류 팬 인구는 87만 명이다. 이는 러시아, 튀르키예 다음으로 유럽에서 세 번째로 큰 팬덤이며, 한류 팬이 많기로 유명한 프랑스(43만), 독일(23만), 영국(11만)의 팬들을 합친 것보다도 많은 수다.

나폴리오리엔탈대학교의 한국학과 학생들은 대부분 케이팝과 한류 드라마로 한국에 관심을 갖게 된 친구들이 많았다. 그중에는 한국 문학을 좋아하는 학생도 있었다. 석사생인 안나 소피아는 최진영 작가의 《해가 지는 곳으로》 영어판을 읽고 팬이 되었다(아쉽게도 이탈리아어판은 아직 없었다). 나도 최진영 작가의 팬이라며 팟캐스트 '문장의 소리'에서 최진영 작가와 함께 녹음한 모습을 보여주자 아주 좋아했다.

내가 머무르는 기간에 마침 황석영 작가가 나폴리에 방문해 《한씨연대기》를 번역한 안드레아 교수님과 함께 행사도 하고 사인회를 가졌다. 학생들은 행사에 열정적으로 참여했다. 한국 문화와 한국 문학에 큰 관심을 보이는 이탈리아 학생들을 보니, 이전에는 내가 전혀 가늠하지 못했던 독자층이 생긴 기분이었다. 사라가 이탈리아에서 《아이 틴더 유》 정식 출간을 위해 출판사의 문을 두드려본다고 했다. 성사된다면 무척 기쁜 일이 될 것이다.

파랗게 물들다

나폴리에는 유명한 두 성인이 있는데 수호성인 젠나로와 디에고다. 여기서 디에고는 아르헨티나 출신의 축구선수 마라도나를 말한다. 내가 나폴리의 정확한 위치조차 모를 때 보았던 다큐멘터리에서, '나폴리에서는 마라도나가 신과 같다'는 말을 별세계 이야기처럼 봤었다. 나폴리에 도착하고 온 도시에 새겨진 마라도나의 얼굴을 보며 이 말이 사실임을 확인할 수 있었다. 벽은 물론이고 식당, 카페, 빵집, 축구와는 상관없는 모든 곳에서 마라도나의 얼굴을 발견할 수 있었다.

나폴리에서 축구는 스포츠 그 이상이다. 유럽 축구 팬들이야 극성맞기로 유명하다지만, 나폴리의 축구 사랑은 더 특별한 데가 있다. 이탈리아는 통합된 지 200년이 채 안 됐고, 그 이전에는 각각 독립된 도시국가 체제로 수백 년을 살아왔다. 우리나라가 축구 국가 대항전에서 거대한 에너지를 쏟아내듯이, 이들은 국내 축구 리그를 통해 자신들의 뿌리인 지역 정체성을 확인한다.

산업이 발달하고 부유한 북부 사람들은 농업 중심의 상대적으로 가난한 남부를 무시하는 경향이 있고, 특히 나폴리를 '이탈리아의 하수구'라며 멸시했다. 디에고 마라도나는 이탈리아 리그 세리에A에서 강등만 피하면 다행이던 하위권 팀 SSC 나폴리를 두 차례 스쿠데토(Scudetto)로 이끌었다. 스쿠데토는 '작은 방패'라는 뜻으로, 우승팀이 유니폼에 부착하는 이탈리아 국기 삼색이 들어간 방패 문양인데 세리에A 우승과 동일한 의미로 쓰인다. 북부 사람들에게 온갖 멸시와 차별을 받던 나폴리 사람들에게 돈 많은 북부팀들의 콧대를 두 번이나 꺾어준 마라도나는 신격화되기에 충분한 존재였다. 2020년 11월25일, 마라도나의 부고가 전해지자 SSC 나폴리는 마라도나를 기리기 위해 경기장 이름을 '스타디오 디에고 아르만도 마라도나'로 변경했다.

마지막 우승 뒤 33년이란 세월이 흘렀고, SSC 나폴리는 그동안 대개 중위권에 머물렀다. 나폴리 사람들은 SSC 나폴리가 과거의 영광을 재현하기를, 다시 한번 스쿠데토를 차지하기를 간절히 바랐다. 17-18시즌과 18-19시즌 북부의 유벤투스에 1위 자리를 넘겨주고 두 번 연속 2위를 했으니, 눈앞에서 놓친 우승이 얼마나 간절했을 것인가.

온갖 미신을 믿는 이탈리아에서는 미리 축하를 하면 불운이 따른다고 한다. 혹시라도 부정이 탈까 봐 미리 우승을 말하는 건 조심해야 하지만, 그러기엔 3월부터 이미 압도적인 성적으로 나폴리의 우승이 점쳐지면서 온 도시는 축제 분위기였다. 리그 종료가 아직 두 달이나 남은 4월부터는 거의 매일 밤 폭죽을 터트리는 소리가 들렸다. 온 도시의 주택들 사이에는 나폴리의 상징 색인 파란색과 흰색 천이 걸리기 시작했다. 시민들의 자발적인 참여로 도시는 점점 더 파란색으로 물들었다. 가로수도, 벤치도, 차량 진입 방지 바리케이드도 파란색과 흰색으로 장식됐다. 빵집의 케이크도, 꽃집도, 개들이 입은 옷도, 웨딩드레스도 나폴리의 바다와 하늘을 닮은 나폴리의 색으로 파랗게 물들었다.

22-23 시즌이 시작할 때만 해도 SSC 나폴리의 우승을 점친 사람은 없었다. 기존의 간판스타 여럿이 팀을 떠났기 때문이다. 이름이 덜 알려진 흐비차 크바라츠헬리아와 김민재 같은 몇몇 선수들이 영입됐다. 그런데 그 영입생들이 적응 기간도 없이 대활약을 펼쳤다. 김민재 선수는 세리에A 최우수 수비수로 뽑혔는데, 이탈리아 리그는 전통적으로 수비가 강세이기에 더 대단한 성과다. 이탈리아의 전설적인 감독 아리고 사키는 나폴리의 성과를 '기적'이라고 평하며 이렇게 말했다.

"위대한 꿈과 위대한 결과 사이에는 항상 연관성이 있습니다."

마침내 압도적인 승점으로 SSC 나폴리가 33년 만의 우승을 확정 짓던 날, 온 도시에는 광란의 축하 파티가 벌어졌다. 축구팬들이 폭죽과 연막탄을 터트려댄 탓에 나폴리 전 지역이 매캐한 파란색 연기로 가득 찼고 미사일이 폭격하는 듯한 폭죽 소리가 이어졌다. 전쟁이라도 난 듯한 장면이었다. 2002 월드컵을 경험했던 나도 처음 보는 풍경이었다. 33년 전 청년 때 우승의 기쁨을 누렸던 나폴리 중년 팬들은 감격의 눈물을 흘렸다. 이 순간을 지켜본 나폴리 아이들은 결코 이날을 잊지 못하고 다시 우승을 기다릴 것이다.

파랗게 물든 도시 속에서 사람들과 나폴리 응원가를 함께 부르며 나는 가슴이 뜨거워졌다. 덕분에 나는 나폴리에 관련한 노래를 〈오 솔레미오〉, 〈산타루치아〉, 〈푸니쿨리푸니쿨라〉 외에 더 알게 되었다. 〈Sarò con te(당신과 함께할 거예요)〉와 〈Un giorno all'improvviso(어느 날 갑자기)〉. 이 노래의 가사는 각각 이런 내용이다.

당신과 함께할 거예요. 그러니 포기하지 마세요. 우리 마음속엔 꿈이 있어요. 나폴리는 다시 우승할 거예요.

어느 날 갑자기 당신과 사랑에 빠졌어요. 내 심장이 뛰었어요. 이유를 묻지 마세요. 시간이 흘러도 난 여전히 여기 있어요. 늘 그랬듯이 난 도시를 지킬 거예요.

리버풀, 도르트문트 등 여러 축구팀의 응원가로 유명한 〈You'll Never Walk Alone〉처럼, 모든 축구팀의 응원가는 엇비슷한 메시지를 담고 있다. 개인주의자를 자처하는 나는 대학교에서 다 같이 응원가를 부를 때에도 부끄러움을 느끼며 동화되지 못했고, 군대에서 군가를 부를 때에도 그러했는데 축구에는 왜 그런 거부감이 없이 동화되었을까. 아마도 누구라도 차별 없이 받아들이는 포용 때문인 것 같다. 그 어떤 이방인이라도, 결함이 있는 사람도, 외톨이라도 어느 팀을 함께 응원하게 될 때, 더 이상 혼자가 아니게 된다.

고백하기 부끄럽지만 나는 월드컵을 보다가도 가슴 뭉클해하고 쉽게 눈물 흘리는 사람이다. 스포츠가 무엇이기에, 공을 차서 골대 안에 넣는 행위, 누군가는 '그깟 공놀이'라고 치부할 일에 사람들은 왜 그렇게 열광하는가? 이 세상은 공정한 경쟁이 벌어지지 않기 때문에, 하나의 룰 안에서 최선을 다해 벌이는 분투에 열광하는 것이라고 생각한다. 그러니 그 룰은 공정하고 엄격히 지켜져야 한다. 그것이 스포츠 정신이다.

흔히 스포츠를 인생에 비유한다. 강팀이 언제나 이기는 것도 아니고, 포기하지 않는 투지로 역전을 일궈내기도 한다. 스포츠는 '끝날 때까진 끝난 게 아니다'라는 감동, '중요한 건 꺾이지 않는 마음'이라는 삶의 교훈을 주기도 한다. 언제나 우리의 인생은 기대보다 실망스럽고, 그래서 한 번쯤은 영화 같은 일이 벌어지기를 바란다. 비루한 일상에서 우리는 가끔은 최고가 돼봤으면 하고 바란다. 내가 나를 자랑스러워할 수 있는 긍지의 경험, 사랑하는 이로부터 받는 '네가 최고'라는 찬사가 필요하다. 나폴리 시민들의 축구와 마라도나에 대한 열렬한 사랑은, 마음속에 이러한 자긍심을 심어준 데 대한 고마움의 표현 아닐까.

나폴리의 구석구석 다양한 현수막과 깃발들은 참으로 흥미로운 볼거리였다. 그중에서도 선수들의 사진과 함께 'GRAZIE, RAGAZZI(고맙다, 애들아)'라고 적혀 있는 현수막이 참 많았다. 문득 길을 걷던 도중 나폴리 시민들의 진심이 느껴져서 울컥했다. 마라도나도 그러했고, 지금의 나폴리 선수들도, 나폴리 사람들에게 축구가 갖는 의미가 무엇인지 알기에 더 혼신을 다해 뛰었다는 것을 알 수 있었다.

이 모든 기적 같은 일에는 마라도나의 은총이 있었다는 이야기가 있다. 2020년 마라도나가 세상을 떠난 이후, 그토록 염원하던 아르헨티나 국가대표팀의 36년 만의 월드컵 우승과 SSC 나폴리의 33년 만의 이탈리아 리그 우승이 연달아 이어졌다(두 팀 다 세 번째 우승이다). 나폴리 사람들이 간절히 염원했던 꿈을 실현하고, 자부심을 얻은 시기를 아주 운 좋게도 함께 지내며 나 역시 파랗게 물들었다. 온 도시가 자부심을 느끼고 고마워하는 것을 체험한 이 감각은 쉽게 잊히지 않을 것이다. 이제 파란색은 내게 특별한 의미를 지니게 됐다. 하트 이모티콘을 쓸 일이 있다면 고민 없이 파란색을 쓸 것이다.

외곬이라는 재능

한국인을 볼 일이 거의 없던 나폴리 생활 중에 나폴리에 거주 중인 한국인 청년을 만나게 됐다(나폴리에 사는 한국인은 다섯 손가락에 꼽을 수 있을 것이다). 이름은 김진석. 아무런 연고도, 한인 커뮤니티도 전혀 없는 나폴리에 홀몸으로 온 그는 양복점에서 일하며 일을 배우고 있다고 했다. 그의 이야기를 들을수록 그에 대한 호기심이 생겼다.

한국에서 패션 디자인을 전공한 진석 씨는 1991년생이다. 패션 디자인과에서는 대부분 여성복 위주로 수업이 이뤄졌고 남성복에 대한 갈증이 있던 진석 씨는 양복이 유명한 이탈리아에 가서 배우고 싶다는 생각을 했다. 졸업을 하니 스물일곱 살이었다. 진석 씨는 1년 반 동안 평택에서 월요일부터 금요일까지 양복 일을 배우고, 토요일 아침에는 강남에 가서 이탈리아어 학원을 다녔다. 그리고 2019년 4월, 이탈리아로 향했다.

한국에는 무궁무진한 종류의 학원과 컨설턴트가 있기로 유명하지만, 이 경우에는 연계해주는 유학원 같은 게 있는 것도 아니었다. 그는 자신이 만든 옷을 들고 자신을 받아주는 양복점을 찾아 밀라노부터 피렌체, 로마, 나폴리까지 문을 두드리며 내려왔다. 그리고 마침내 나폴리의 한 양복점에서 일을 할 수 있었다. 하지만 얼마 되지 않아 누구도 예상하지 못했던 코로나가 퍼졌다. 전 세계가 위기에 처했지만 2020년의 이탈리아는 한때 사망자 수가 세계 1위일 정도로 심각한 상황이었다. 온 도시가 봉쇄되었다. 미래를 기약할 수 없는 상황에 진석 씨는 어쩔 수 없이 짐을 싸서 한국으로 돌아갔다. 시간이 흘러 봉쇄가 풀리고 코로나가 어느 정도 완화되자 다시 나폴리로 돌아왔다.

양복에 대해서는 조금의 지식도 없고 관심도 없던

나로서는 놀라운 이야기였다. 꿈을 향해서 아무런 연고도 없는 나라의 낯선 언어를 배우고, 자신을 받아주는 곳을 찾아 이탈리아 전역을 다니며 문을 두드리고, 낯선 땅에서 홀로 3년째 지내고 있다는 그의 이야기는 내 마음을 움직였다. 대단하다, 멋있다는 감탄의 말이 절로 나왔다. 꿈과 현실에 대한 고민을 다룬 다큐멘터리 〈투 올드 힙합 키드〉를 만들고, 영화라는 보장되지 않는 꿈을 좇는 캐릭터를 그린 소설 《GV 빌런 고태경》을 쓴 나로서는 그를 인터뷰하지 않을 수 없었다.

그가 일하는 '사르토리아(양복점) 치로 피초(Ciro Pizzo)'에 찾아갔다. 양복점의 모습에 대해서 막연히 양복들이 길가 쇼윈도에 걸려 있는 모습을 떠올렸지만, 나의 상상과는 다른 풍경이었다. 아파트 같은 건물의 3층에 자리하고 있는 작은 양복점에서 치로 선생님과 진석 씨 단둘이서 일하고 있었다. 치로 선생님은 나를 편하게 대하며 반겨주었다. 우리는 함께 점심을 먹고 커피를 마셨다.

사르토(재단사) 치로 선생님은 1944년생으로 열 살때부터 심부름으로 바느질 일을 배우기 시작했다. 그 시대는 2차 대전 이후라 아주 어릴 때부터 일을 해야 했다. 그는 그렇게 양복점 여섯 곳에서 일을 배우고 스물여섯 살에 처음으로 자신의 양복점을 하기 시작했다. 바느질은 68년, 개인 양복점 일만 52년째다.

요즘처럼 어떤 장사든 SNS 운영이 필수인 시대에 '사르토리아 치로 피초'는 SNS는커녕 구글 맵에조차 검색되지 않았다. 노쇠한 그는 사업에 그리 욕심이 없다. 고객이었던 아버지가 아들을 데리고 와서 양복을 맞추고, 그 아들이 자라서 또 아들을 데리고 오는 식으로, 지역 사회의 소개로 양복점 운영이 이루어지고 있었다.

양복점은 월요일부터 토요일까지, 아침부터 저녁까지, 쉬지 않고 일하고 일요일 하루만 쉰다고 했다. 심지어 토요일 저녁에는 진석 씨가 퇴근한 뒤 선생님이 남아서 더 일을 하다 퇴근한다. 한창때는 더 많이 일했다고 한다. 치로 선생님에게 '일을 하면서 어떤 때 가장 힘드냐'고 물었을 때, 나는 한 자세로 종일 바느질을 하기 때문에 거북목이 되거나 눈이 침침해지거나 하는 직업병 같은 답을 기대했다. 그러나 선생님의 답은 예상 밖이었다.

"일을 하지 않을 때가 가장 힘들어."

한평생 일을 해온 그는 일 외에는 쉬는 것도 노는 것

도 잘 모르는 것이다. 양복점 이곳저곳에는 손주들 사진이 걸려 있었다. 그는 평생 바느질 기술로 딸 셋을 키워내고 가정을 이뤘다. 은퇴 계획에 대해 물어보자, 이제 휴식을 취하며 어디 좋은 곳에 가고 싶다고 말하는 게 아니라, 자신은 일을 정말 사랑하고 더는 일할 수 없을 때까지 하고 싶다고 했다. 한평생 한 가지 일을 하며 자신의 일을 사랑하고 다른 길에 곁눈질하지 않고 살아온 사람의 모습이었다.

이제 평생직장 개념이 없고 이직이 잦은 시대라고들 한다. 장인의 밑에서 기술을 배우는 일은, 최근 이탈리아의 젊은이들조차 하지 않는 일이다. 기술을 배우는 데 너무 오랜 시간이 걸리기 때문이다. 졸업을 한 스물일곱 살 무렵, 인생의 갈림길에 선 청년 김진석 씨를 상상해봤다. 누구나 준거 집단과 자신을 비교하기 마련이다. 너무나 많은 사람이 비슷한 가치를 좇는 한국에서 주변 또래들이 다들 취업문을 두드렸을 텐데, 그 시기 진석 씨가 어떤 생각을 했는지 궁금했다.

"같은 전공을 한 친구 중에 진석 씨 같은 길을 선택한 분은 거의 없지 않아요?"

"그렇긴 하죠. 그런데 요즘 전공 살려서 사는 사람이 몇이나 된다고요."

그는 대수롭지 않게 말했다. 말 그대로 순수하게 기술을 배우려는 마음. 진석 씨도 기술을 배워 돌아가 한국에서 자신의 양복점을 차리겠지만, 학위가 있는 것도 아니며 인증된 증명서가 있는 것도 아니다. 양복점을 연다고 해서 시장의 수요가 보장된 것도 아니다. 그래도 기술을 배우면 굶지는 않겠지, 하는 단순함과 우직함, 순수함이 그에게 있었다. 내 경탄은 그가 '보기 드문' 청년이라는 데서 오는 것이었다.

나는 그렇지 않으니까. 대개 그렇지 않으니까. 결과에 대해 단기간에 성과를 보고 싶어 하고, 들인 노력만큼의 대가가 있기를 바란다. 가령, 해외에 나가 박사학위를 따고 돌아오면 그 학위를 통해 한국에서 어떤 종류의 일자리를 갖게 되기를 기대할 수 있다. 그러나 진석 씨는 달랐다.

진석 씨는 3년 정도 이탈리아에서 더 일을 배울 예정이라고 했다. 의아한 것은 졸업과 학위를 위한 3년짜리 커리큘럼이 있다거나, 선생님이 '이제 더는 배울 것이 없으니 하산하라' 하는 것도 아니다. 이에 대해 물으니 진석 씨는 '자신의 기술이 이만하면 됐다'고 생각할 때까지, 라고 했다. 그것은 '자신이 만족할 수준'이라는 주관적 기준인 것이다.

진석 씨는 이탈리아에 머무르는 3년 동안 여행을 다녀본 일이 없다고 했다. 아침부터 저녁까지, 월요일부터 토요일까지 일을 하므로 진석 씨에게는 시간이 없었다. 치로 선생님의 바느질을 어깨너머로 배우고 있는 그는 가봉을 할 때 가장 많이 배운다고 했다. 진석 씨는 퇴근 후 밤에 집에 돌아와서도 자신의 옷을 만드는 연습을 했다. 내가 어쩜 그럴 수 있느냐고, 멋지다고 하자 진석 씨는 오히려 대수롭지 않게 웃었다.

"좋아서 하는 거죠. 제가 좋아서."

많은 이가 재능에 대해 의심하고 전전긍긍한다. 나도 한때 작가들의 인터뷰나 에세이를 찾아다녔고 내게 두 가지 말이 각인되어 있다. 《유혹하는 글쓰기》에서 스티븐 킹은 자기 아들의 사례를 들려준다. 아들이 색소폰에 관심을 보여 레슨을 시켰는데, 지켜보다가 7개월 후 합의 하에 레슨을 중단했다. 아들이 색소폰 연습을 게을

리해서가 아니라 '정해준 시간에만 하는 것'을 보고 오래 못 가리라는 것을 알아차렸다는 것이다. 그는 이렇게 쓰고 있다.

"자신에게서 어떤 재능을 발견한 사람은 그것이 무엇이든지 간에 손가락에서 피가 흐르고 눈이 빠질 정도로 몰두하게 마련이다."[*]

맞는 말이다. 그러한 관점에서 보자면, 그만큼의 시간을 쏟지도 않았으면서 징징거릴 이유가 없는 것이다. 또한, 인터뷰집 《데뷔의 순간》에서 최동훈 감독은 이렇게 말했다.

"이 말은 분명히 할 수 있다. 나는 '하면 된다'는 말보다 '하면 는다'는 말을 믿는 사람이다. 재능은 의지가 만드는 것이다."[**]

인터뷰를 마치고 돌아오는 길에 가슴이 뜨거워졌다. 열 살 때 살아남기 위해 바느질을 배우던 치로 선생님에 대해 생각했다. 자신에게 주어진 생을 앞으로 이렇게 살

---

[*]   스티븐 킹, 《유혹하는 글쓰기》, 김진준 옮김, 김영사, 2017, 182쪽.
[**] 주성철 엮음, 《데뷔의 순간》, 푸른숲, 2014, 376쪽.

겠노라고 이탈리아 전역을 찾아다닌 진석 씨의 선택에 대해서도 생각했다. 그리고 기술에 대해 새삼 생각했다. 나 또한 나이 들어서도 쓰임이 있기를 바랐다. 평생 일을 하고 싶다. 나는 기술을 성실히 연마하고 있는가.

진석 씨는 한국에 돌아와서 양복 일을 할 것이다. 나는 옷에 대해서는 조금의 식견도 없지만, 평생을 우직하게 일밖에 모르는 치로 선생님 곁에서 성실함을 몇 년 동안 보고 배운 진석 씨라면, 양복을 맞출 일이 있는 누군가에게 믿고 소개해줄 수 있겠다고 생각했다.

'우직하다'는 말의 사전적 정의에는 '어리석음'이 내포되어 있다. 그러나 그 어리석음, 약삭빠르지 못함, 외곬이야말로 진정한 재능이 아닐까. 진석 씨의 이야기를 들으며 정말 영화 속 캐릭터 같다고 감탄했으나 그 삶을 진정으로 살아내는 것은 편집된 픽션과는 다른 일이다. 진석 씨는 "좋아서 하는 거죠"라고 대수롭지 않게 이야기했지만 코로나 시기에 다시 짐을 싸던 그의 마음과, 꺾이지 않는 마음으로 다시 나폴리로 돌아간 그 용기에 대해서도 생각해본다. 좋아서 하는 일, 그 단순함의 힘을 다시금 되새긴다. 그의 현재와 앞날을 열렬한 마음으로 응원한다.

이름을 안다는 것

어느덧 나폴리에 애정이 생긴 나는, 치안이 안 좋다는 이유로 나폴리를 여행지로 고려하지 않는 사람들에게 다시 생각해보라고 말한다. 물론 북부에 비하면 지저분하고 시끄러운 건 사실이지만, 천혜의 자연환경과 캄파니아주의 신선한 재료들로 만든 세계 최고의 피자를 포기하지 말라고 말이다(게다가 물가도 상대적으로 저렴하다).

내가 그러했듯이, 정보가 없는 상태에서 '치안이 좋지 않다'는 소문에 생기는 공포감은 당연한 일이다. 그러나 구체적 사례가 아닌 추상적인 이미지와 인터넷에 돌아다니는 실체 없는 말들이 많다. 나폴리의 어느 이미지들이 으스스한 느낌을 주는 것인지 잘 안다. 어둡고 좁고 지저분한 골목, 낙서 가득한 그라피티, 중앙역 근처의 노숙인들.

내가 생활하며 느낀 바로 나폴리는 지레 겁먹고 관광을 포기할 만큼 위험한 곳은 아니었다. 현지 친구들도 대중교통 이용 시에 소매치기를 조심하라는 것 이외에는 밤거리가 위험하다는 등의 말은 하지 않았다(대중교통과 중앙역 이용 시 소매치기들로부터 정신을 바짝 차려야 하는 것은 유럽의 다른 지역에서도 마찬가지다). 친구들과 자주 나폴리의 밤거리를 돌아다니며 체험해보니 친구 말이 맞았다. 별일 없었다.

물론 내가 만약 큰돈이나 귀한 자료가 든 스마트폰을 도난당했다면 다르게 말했을 것이다. 3개월간 그런 불상사를 당하지 않아서, 덕분에 나폴리에 대한 기억이 훼손되지 않아서 참 다행이었다.

우리는 모르는 것, 제대로 알지 못하는 것에 대한 공포가 있다. 나폴리에 도착한 첫날 밤에는 공항에서 숙소까지 가는 동안 차창 밖의 낯선 풍경을 보며 마치 범죄의 소굴로 들어가는 듯해 두려웠는데, 나폴리 시내의 지도가 익숙해진 후에는 숙소에서 공항까지 걸어서도 갈 수 있게 됐다.

어느 날 아직 동트지 않은 새벽 5시에 일어난 나는 홀로 어두운 골목길을 올라 전망대로 향했다. 나폴리에서 생활한 지 두 달 가까이 된 시점이 아니었다면 엄두도 내지 못했을 일이었다. 동틀 무렵 전망대에 도착해 잠들어 있던 도시가 깨어나는 모습을 지켜봤다. 이제 나는 나폴리 구석구석의 지명들을 알고 있었고, 나폴리는 내게 더이상 두려운 미지의 도시가 아니었다.

〰️

브라우도서관에서 일과를 마치고 숙소로 돌아올 때면 나는 늘 같은 길로 귀가했다. 사람들이 줄 서 있는 해산물 레스토랑을 지나, "킴, 킴, 킴!" 하고 내게 반갑게 인사하는 레몬 그라니타 가게 아저씨를 지나, 숙소 바로 앞에 있는 벤치 하나를 지나야 했다. 그 벤치에서 생활하는 거구의 남성이 있었다. 그는 키가 190센티미터는 되는 듯했고 구부정하게 앉아 있는 모습은 등이 굽은 것처럼 보였다. 흘러내린 바지를 입고 헐벗은 채 멍하니 있는 그는 정신이 온전치 않아 보이기도 했다. 내가 저녁거리를 사 들고 오갈 때마다, 혹은 친구들과 피자를 먹고 남은 조각 을 피자 박스에 포장해 늦은 밤 귀가할 때마다 그와 눈이 마주쳤다.

어디서 왔는지, 어떻게 이곳에 왔는지, 그의 이름도 사연도 알 수 없었다. 비를 피해 철문을 닫고 들어올 때 마다 여기저기서 얻은 듯한 옷가지를 입고 있는 그의 멍 한 시선을 등 뒤로 느꼈다. 내가 머무는 2층 방에서 창밖 으로 그가 보였다. 그는 궂은비가 내려도 벤치에 앉아 비 를 맞으며 자리를 지켰다. 추위에 몹시 약한 나는 비가 오 는 날이면 지붕이 없는 노숙 생활의 추위를 상상할 수밖 에 없었다.

'카페 소스페소'를 떠올리며 나도 한 번쯤은 그러한 나폴리의 문화를 실천해보고 싶었다. 그에게 몸을 녹일 커피를 건네거나 하는 일을. 그러나 한편으로는 호의를 베푸는 것이 일회성에 그쳐도 괜찮을까 하는 걱정이 들 었다. 190센티미터가 넘는 거구에 정신이 온전치 않아 보 이고, 영어도 안 통할 것 같은 그에게 두려움을 느끼며 무 서운 상상의 나래를 펼치기도 했다. 그가 호의를 받는 순간, 잊고 지내던 따뜻함, 자신이 갖지 못한 박탈감에 대한 분노가 생기지는 않을까? 이전까지는 그저 지나가는 사람이던 내게 계속 뭔가를 요구하지는 않을까?

나는 나폴리를 떠날 무렵까지 실천을 미뤄두었다. 대신 상상했다. 그의 몸을 녹일 따뜻한 커피 한 잔과 허기진 배를 달랠 빵을 건네고, 한국으로 돌아가기 전 남은 동전들을 건네는 것을. 그리고 내가 혼자 했던 나쁜 상상들이 그저 망상일 뿐이라는 사실을 깨우치는 계기가 되는 것을.

상상만 하고 미뤘던 계획은 결국 실천하지 못했다. 어느 날 갑자기 벤치가 뜯겨 사라진 것이다. 어찌 된 일일까? 신고가 들어간 것일까? 영문을 알 수 없었다. 그의 허름한 집과 함께 그도 거리에서 사라졌다. 매일같이 보던 사람이라서일까. 허망한 마음이 들었고 그가 걱정되기도 했다. 마음만 품었던 게 부끄럽고 후회스러웠다. 나는 그의 이름조차 몰랐다.

이 후회는 내게 다른 이의 이름을 물어볼 용기를 주었다. 브라우도서관 앞에 있는 '프리지토리아(튀김집) 베라체(Friggitoria Verace)'는 매일같이 간단한 파니노와 미트볼로 점심 식사를 해결하는 곳이었다. 베라체에는 매번 반갑게 인사를 하며 사람을 기분 좋게 만드는 잘생긴 청년이 일하고 있었다. 나는 두 달 가까이 되어서 이전의 나였다면 결코 하지 않았을 일을 했다. 그에게 이름이 무엇인지 물은 것이다.

그 청년은 '파스콸레'라고 말하며 내 이름을 물었고, 나는 한국의 남쪽에서 온 '건'이라고 말했다. 우리는 서로의 이름을 확인하고 악수를 나눴다. 파스콸레는 '부활절(Pasqua)'에서 유래한 이름으로 스페인의 파스쿠알, 프랑스의 파스칼과 같은 이름이다. 이름을 알게 되니 그를 그저 튀김집의 잘생긴 청년이 아니라 '부활절'로 기억할 수 있게 되었다. 항상 점심을 사 먹던 단골 가게의 의미가 더 새로워졌다. 늘 하던 대로 자신이 친 울타리 안에서 안전하게 세상을 관망할 수도 있지만, 때로는 익숙한 울타리에서 벗어나 직접 경험해봐야 얻을 수 있는 새로움이 있다.

Vedi Napoli e poi muori

2부

이 도시의
불빛들이
말해준 것

에르콜라노

베수비오 화산에 슬픔을 묻고

나폴리에 도착하고 맞는 두 번째 주말, 제시카가 구제 시장이 열리는 에르콜라노에 이탈리아 친구들과 같이 갈 생각이 있느냐고 물었다. 쇼핑은 내게 가장 힘들고 흥미 없는 것이지만, 처음으로 나폴리를 벗어나는 여행 제안이라 거절할 수 없었다. 다른 사람에게 먼저 연락하고, 불러내는 걸 좀처럼 못 하는 나는 누군가 나를 불러주는 게 얼마나 귀한지 아는 나이가 되었다. 하물며 아직 친구가 없는 이탈리아 땅에서라면 더더욱.

에르콜라노는 나폴리에서 사철(국철이 아닌 민간 철도)로 30분 정도 가면 도착하는 마을이다. 나폴리에서 소렌토까지 이어진 사철 '치르쿰베수비아나(Circumvesuviana)'는 여러모로 악명이 높았다. 그라피티로 가득한 낡고 오래된 열차, 지저분한 내부, 소매치기들과 기상천외한 기행을 부리는 사람들. 우리나라 수도권 전철 1호선에 대해 '강한 자만 살아남는 1호선'이라는 별명이 붙고, 그에 관련된 빌런과 괴담들의 밈이 있는 것과 마찬가지였다. 사철에서 목격되는 희한한 사람과 사건을 제보하는 페이스북 유머 페이지도 있을 정도다.

베수비오 화산 폭발로 사라진 도시 폼페이에 비해서는 덜 알려져 있지만, 베수비오산 서쪽에 인접한 헤르쿨라네움 유적지도 보존 상태가 좋기로 유명하다. 헤라클레스의 이름을 딴 도시, 헤르쿨라네움은 서기 79년 화산 폭발로 인해 20미터 두께의 진흙으로 매몰되어버렸다. 세월이 흘러 그 땅 위에 세워진 도시가 바로 에르콜라노다. 헤르쿨라네움도 폼페이와 마찬가지로 우연히 발견되기 전까지 1700년간 에르콜라노 땅 밑에 조용히 묻혀 있었다.

이탈리아 전역이 나폴리처럼 부산스럽고 지저분한 것은 아니었다. 에르콜라노는 조용하고 깨끗한 마을이었다. 평화로운 마을에는 교회 종소리가 울려 퍼지고 있었다. 완만한 오르막길을 따라 꽤 큰 규모의 구제 시장이 펼쳐졌다. 다른 친구들이 쇼핑하는 동안 나는 제시카와 함께 동네를 둘러보았다. 에르콜라노의 중심지인 광장에 도착하니 이곳이 정말 작은 마을이라는 게 체감됐다. 젊은 사람들의 활력보다는 노인들이 많아 느릿한 분위기였다. 공원에는 중년 아저씨들이 게이트볼과 비슷한 공놀이를 하고 있었다. 거기서도 몇몇 사람들은 낯선 동양인인 내게 "킴, 킴, 킴!" 하고 김민재 선수의 애칭을 불러주었고, 구경하던 나도 게임에 참여했다.

베수비오산 바로 아래 위치한 에르콜라노에서는 어디에서나 곁눈으로도 베수비오산의 봉우리가 크게 보였다. 바다와 산이 한데 보이는 에르콜라노의 풍경이 제주도와 무척 비슷했다. 제주도에서는 한라산 봉우리가 어디에서나 나를 굽어보는 듯한 기분이 들었고, 그런 곳에서 살아간다면 그저 겸허해질 것만 같았다. 활화산인 베수비오산을 눈앞에 두고 사는 사람들도 그렇지 않을까.

시장을 둘러보고 파니니로 식사를 마친 뒤 행선지를 정해야 했다. 에르콜라노에서 버스를 타고 올라가 베수비오산 분화구를 트레킹할 수 있다고 했다. 나폴리에 머무르는 동안 폼페이에 갈 예정이었으므로, 헤르쿨라네움 유적지 대신 베수비오산 트레킹을 선택했다. 버스가 산을 빙빙 돌며 올랐다. 아찔한 커브 길을 도는 기사의 운전 실력이 스릴 넘쳤다.

산에 올라 버스에서 내리면 베수비오산의 정상까지 40분 정도 트레킹 코스가 있다. 한라산에 오르면 나타나는 제주도의 절경처럼, 정상에 오르자 눈앞에 펼쳐진 나폴리만의 파노라마가 장관이었다. 해안선을 따라 저 멀리 북쪽부터 이스키아, 프로치다섬과 나폴리 시내가 전부 보였고, 남쪽으로는 소렌토와 카프리섬이 지중해의 푸른 바다와 함께 펼쳐졌다.

얼마 되지 않아 모습을 드러낸 베수비오산의 분화구는 황량함과 삭막함 그 자체였다. 나는 조금 실망하고 말았다. 황량함에도 스펙터클이라는 것이 존재할 수 있건만 그런 것과는 거리가 먼, 몹시 초라한 황량함이었다. 나는 시뻘건 용암이 펄펄 끓고 있는 무시무시한 모습이나 백두산 천지나 한라산 백록담처럼 아름다운 호수가 있으리라 기대했다. 그러나 눈앞에 펼쳐진 분화구는 그저 어두운 흙과 화산암으로 이루어져 생명력 없이 황량했고, 마치 자원을 다 약탈당해 헐벗고 버려진 광산처럼 보였다.

비교적 완만하게 펼쳐진 한라산의 분화구와는 달리 베수
비오산의 분화구는 낭떠러지처럼 가파르고 깊었는데, 거
대하고 높다란 장벽을 마주한 기분이었다. 군데군데 모락
모락 피어오르는 적은 양의 연기만이 여기가 활동을 멈
추지 않은 활화산임을 보여주고 있었다. 베수비오 화산은
1944년에 마지막으로 용암을 분출했다. 80년이라는 시간
은 지구의 기준으로는 바로 얼마 전일 수도 있는 것이다.

황량한 분화구와 피어오르는 연기를 보고 있자니 데
이미언 셔젤 감독의 〈퍼스트맨〉이 떠올랐다. 달을 밟은
인류 첫 번째 남자, 닐 암스트롱이 달에 착륙하는 순간을
다룬 영화다. 우주비행사인 닐은 눈에 넣어도 아프지 않
을 어린 딸을 갑작스러운 병으로 잃은 뒤 상처로부터 도
망치듯 달로 떠나는 일에 몰두한다. 영화의 끝에 드디어
인류 최초로 달에 발을 내디딘 닐은 달에서 '고요의 바다'
라고 불리는 크레이터 지형에 착륙한다. 아무런 소리도
들리지 않는 그곳에서 닐은 딸의 이름이 적힌 팔찌를 크
레이터에 던지며 그 누구에게도 말하지 못한 슬픔을 달
에 묻고 지구로 돌아온다. 나는 이 영화를 우주 배경의
'화양연화'라고 명명했다. 〈화양연화〉에서 양조위는 캄보
디아 앙코르와트 사원 기둥의 구멍에 아무에게도 들리지
않는 비밀을 속삭이고, 흙으로 봉인한다.

에르콜라노

나에게 〈퍼스트맨〉 관람은 매우 강렬한 체험으로 남아 있는데, 극장에서 홀로 이 영화를 보면서 당시 좋지 않았던 연애에 이별을 결심했고 집으로 돌아오는 길에 그것을 실천했기 때문이다. 그 이전까지 나는 누군가에게 먼저 이별을 고하지 못하는 사람이었다. 〈퍼스트맨〉에서 연인들이 서로를 걱정하고 위하는 장면들을 보면서, 내가 하고 있는 것이 좋은 연애가 아니라는 확신이 섰다. 그리고 슬픔도 버릴 수가 있는 것이구나, 무언가를 잘 버리지 못하는 나는 슬픔마저도 잘 버리지 못하는구나, 하고 생각했다. 무언가를 잘 버리지 못하는 나를 기어코 결단하게 만든 영화였다. 그런 사연이 깃든 영화는 평생 잊히지 않는다.

살다 보니 왜 내게 이런 일이 벌어지는지 합리적으로 설명하기 힘든 일, 불운한 일들이 벌어지기도 한다. 내가 열심히 하지 않아서, 내가 능력이 부족해서 겪는 실패는 쓰라릴지언정 그런 일들에 비해서는 견딜 만하다. 나쁜 우연이 반복되어 일어나면 마치 자신이 저주받은 인간인 것 같은 생각이 든다. 소설을 쓰기 몇 년 전의 나는 내 자신이 완전히 파괴되었다고 생각했다. 내 인생은 잘못된 선택으로 점철되었다고 여겼고, 미래가 나아지리라는 생각을 전혀 할 수 없었다.

이 도시의 불빛들이 말해준 것

일련의 불운과 힘든 일을 겪은 뒤 나는 이전과 다른 사람이 됐다. 술을 전혀 마시지 않았었는데 폭음을 하기도 했고, 고립과 절망이 뭔지도 알게 되었다. 사람이 완전히 꺾여버릴 수 있다는 것을 체험했다. 그때까지도 그걸 몰랐다니, 한마디로 오만했다.

역설적으로 그로 인해 나는 비로소 소설을 쓸 수 있게 되었다. 실제로 그전의 나는 인간이 개인의 의지와 상관없이도 파괴될 수 있는 연약한 존재라는 사실, 그래서 서로가 필요하다는 사실을 진정으로 배우기 전이어서, 결코 좋은 소설을 쓸 수 없는 종류의 인간이었다. 그때 죽은 내가 '좋은 나'이건 '나쁜 나'이건 내 일부가 죽어버렸음은 틀림없다. 그 사실에 약간의 슬픔을 느꼈다면 이상한 것일까. 우리는 나쁜 습관과 슬픔에도 중독되거나 애착을 가질 수 있다.

연기를 내뿜는 베수비오산의 분화구에 모든 슬픔을 털어놓고 그대로 끈덕진 감정의 잔여물들을 분화구에 다 던져버리고 싶었다. 내게 여전히 남아 있는 불운한 저주가 있다면……. 아니 그런 것은 없다. 습관처럼 붙들고 있는 관념이 있을 뿐이다. 그 관념들이 저 가파른 분화구의 깊은 곳에 굴러떨어져 다시는 올라오지 못하기를 바라면

에르콜라노

서, 던져 넣었다. 내려오는 길에 다시 웅장하게 펼쳐진 푸른 지중해가 보였고 나폴리만을 따라 사람들이 살아가는 터전을 부드러운 햇살이 물들이고 있었다. 나는 황량한 분화구를 등지고 다시 푸른 도시로 걸음을 옮겼다.

파랗게 물든 용기를 담아

정 대 건

삶은 때로 상상하지 못했던
놀라운 것을 가져다주기도 한다고,
나폴리의 일렁이는 물빛과 터지는 폭죽이
내게 말하고 있었다.

_《나의 파란, 나폴리》 정해진

봄

프로치다

우편배달부의 해변

나폴리 바다에서는 프로치다, 이스키아, 카프리, 세 개의 화산섬이 건너다보인다. 브라우 친구들이 주말을 이용해 근방 섬에 놀러 가자고 했다. 이탈리아 각지에서 온 그들도 나폴리 출신이 아니었기에 안 가본 곳이었다. 다들 주머니 사정이 넉넉지는 않았다. 카프리는 로마 황제가 머물던 별장이 있는 상업적인 휴양지고, 자연 온천으로 유명한 이스키아도 하루에 둘러보기에는 큰 섬이었다. 비교적 아담한 섬인 프로치다는 셋 중에 관광지화가 가장 덜 된 곳으로 하루 만에 다녀오기에 적합했다.

마침 나폴리에 놀러 온 마테오의 고향 친구 A도 누군가의 "너도 갈래?" 한마디에 즉석에서 합류하게 되었다. 이렇게 갑자기, 쉽게 합류한다고? 이탈리아 사람들은 낯선 친구와 함께 어울리는 데 배타적이지 않고 열려 있었다. 그렇게 나, 제시카, 나빌라, 조르다노, 마테오, A(이탈리아에서 여성 이름은 대부분 모음 'ㅏ'로 끝나고, 남성은 'ㅗ'로 끝난다) 여섯 명은 프로치다로 당일치기 여행을 떠났다.

배가 포말을 일으키며 나폴리 항구에서 출발했다. 배 위에서 점점 멀어지는 나폴리 풍경과 베수비오 화산을 바라보며 처음으로 나폴리가 미항이라는 게 실감이 났다. 3월인데도 나폴리의 태양은 무척 강렬해 선글라스를 써야 했다. 한 시간여 배를 타고 도착한 프로치다항에는 사진으로 보았던 다채로운 파스텔톤 건물들이 아름답게 펼쳐졌다. 아이폰6s 발표 당시, 높은 해상도의 프로세서 기술을 자랑하기 위해 선정한 이미지로 유명한 풍경이었다.

배에서 내리자마자 우리는 항구 앞 카페에 들어갔다. 일단 어디에 도착하면 에스프레소를 한잔하고 움직이는 게 이탈리아인들의 특성이다. 바에 나란히 서서 에스프레소를 마시고, 흘러나오고 있는 노래를 흥에 겨워 따라 불렀다. 프로치다섬이 '2022년 이탈리아 문화 수도'로 선정

되었다는 문구가 여기저기 붙어 있었다. 우리는 카페를 나서 가벼운 발걸음으로 작은 골목을 걷기 시작했다. 나폴리처럼 정신없이 오가는 오토바이를 피하지 않아도 되는 평화로운 마을이었다.

본격적으로 섬을 탐방하기 전 살루메리아(가공육 전문점)에 들어가 해변에서 먹을 파니니를 포장했다. 이탈리아에서 살라미, 프로슈토 같은 가공육들과 다양한 종류의 치즈들이 천장에 주렁주렁 매달려 있는 살루메리아를 외지인이라면 파니니를 파는 곳인지 모르고 지나치기 십상이다. 가게 외관에는 그 흔한 빵 사진도, 파니니를 판다는 어떠한 단어도 없다. 열차나 버스 티켓을 파는 곳도 마찬가지다. 여전히 '타바키'라고 하는 담배 가게에서 티켓을 판매하는 곳이 많은데, 현지인들은 당연하게 생각하겠지만 외지인으로서는 아무 안내도 없어 도대체 어디서 티켓을 사야 하는지 모를 지경이다. 현지인들에게 물어본다면 친절히 알려줄 것이지만, 시스템(?)은 참 불친절하다. 그러나 이탈리아에 익숙해지자, 이런 비밀스러움이 좋아졌다. 빵과 치즈, 햄의 종류가 너무 많아서 우리는 주인아주머니를 믿고 맡겼다. 그녀는 즉석에서 커다란 빵과 치즈, 햄을 기계로 썰어서 올리브와 토마토 등을 넣고 다양한 종류의 파니니를 신선하게 만들어주었다.

프로치다는 소박해서 정이 가는 섬이었다. 좁다란 길을 따라 걷다 보면 탐스러운 레몬이 열린 나무와 노란 유채꽃밭이 펼쳐졌다. 우리는 '스피아지아 델 포스티노(우편배달부의 해변)'를 목적지로 걸었다. 프로치다로 목적지가 정해진 후, 이 섬이 〈일 포스티노〉의 촬영지라는 것을 알게 된 나는 가슴이 뛰었다. 이십대 초반, 닥치는 대로 영화를 보던 시절 무척 감동적으로 보았던 영화 〈일 포스티노〉는 세계적인 시인 파블로 네루다가 이탈리아의 작은 어촌 마을 섬에서 망명하던 시절 우편배달부와 우정을 나누는 이야기이다.

해변으로 가는 길에 전망대에 올랐다. 프로치다를 검색하면 대표적으로 나오는 알록달록 파스텔톤의 건물들 사진이 찍힌 그 장소였다. 나는 아름다운 풍경 앞에서 습관적으로 휴대폰 카메라를 들었다. 아이폰 화면을 통해 보는 풍경은 눈으로 보는 것보다 채도가 높고 바다는 더 푸르러 더욱 그럴싸해 보였다. 그리고 나는 이미 인터넷에서 봤던 프로치다의 아름다운 이미지를 똑같은 구도로 재현하고 있었다. 딱 그 프레임만큼이 색색의 건물들이 아름답게 담기는 포토 스폿이었다. 그야말로 현실의 모방을 또 모방하고 있었다. 인터넷에 들어가면 같은 프레임으로 훨씬 더 멋지게 찍은 사진들이 넘쳐나는데, 나는 지금 내 휴대폰 카메라의 이미지 처리 성능을 비교하는 것인가? 과연 사진을 찍으면 그 순간을 소유하는 것일까? 스탬프를 찍듯이 시간이 찍히니 인터넷의 이미지와 다른 걸까?

나는 모든 걸 기록해야 한다는 강박을 가지고 있다. 기록하지 않으면 곧 휘발되어버리고 중요한 무언가를 놓칠 거라는 두려움을 느낀다. 다큐멘터리를 찍으면서 모든 게 소스로 쓰일 수 있다는 것을 체감해서일까? 아니다. 다큐멘터리를 만들기 훨씬 전부터, 나는 학창 시절 주고받은 시시콜콜한 쪽지까지도 전부 보관하고 있다. 오히려 그런 성격이라 다큐멘터리를 만든 것이리라.

이탈리아에 머무르면서 그전에는 열심히 하지 않던 인스타그램 스토리를 자주 게시하기 시작했다. 아카이빙하기에 좋다는 핑계를 대면서. 그러나 SNS에 게시하는 행위는 과연 누구를 향한 것인가? 좋은 풍경을 마주했을 때, 순수하게 '와, 나 혼자 감상하기 아까운 이 멋진 풍경을 누군가와 함께 보고 싶어' 하는 마음만큼 '아, 내가 이렇게 좋은 것을 보았어!'라며 자랑하고 싶은 마음도 있을 것이다. 누군가의 SNS를 보며 모종의 박탈감을 느끼던 예전의 내가 떠올랐다. 나도 그러한 박탈감의 재생산에 기여하고 있는 건 아닌지 불편한 마음이 들었다(물론 세상은 생각보다 내게 관심이 없다는 사실을 명심해야 할 테지만).

'우편배달부의 해변'에 도착하자 검은 모래사장으로 덮인 아담한 해변이 펼쳐졌다. 〈일 포스티노〉에서 네루다와 우편배달부 마리오가 대화를 나누는 장소로, 세월이 지층에 고스란히 새겨진 해안 절벽이 아름다운 곳이었다. 네루다는 이곳에서 때 묻지 않은 순박한 어부, 마리오에게 운율과 은유가 무엇인지 가르쳐준다. 베아트리체라는 여인에게 반한 마리오는 "전 사랑에 빠졌어요. 치료되고 싶지 않아요. 계속 아프고 싶어요"라는 명대사를 남긴다. 따로 문학 교육을 받지 않았지만 사랑에 빠진 그에게는 시상(詩想)이 넘쳐난다.

3월 말이었고, 아직 바닷물이 차가웠다. 적어도 5월은 되어야 해수욕을 즐길 만하다고 했다. 남자들은 엄두를 못 냈고 제시카와 나빌라만 용감하게 바다에 뛰어들었다. 나도 수영복으로 갈아입고 물에 뛰어 들어갔다. 너무 추워서 심장마비가 올 것 같다고 엄살을 피웠다. 물놀이 후에는 충격적으로 맛있는 파니니를 먹었다. 내 인생 최고의 파니니였다.

"바다에서 수영을 하고 해변에서 페로니 맥주와 함께 파니니를 먹는다니. 너는 이탈리아를 속성 코스로 제대로 즐기고 있는 거야."

중국 문학을 전공하는 마테오가 내게 말했다. 이 순간을 사진으로 기록하고 싶다는 충동이 들었다. 그러나 이미 파니니를 다 먹어치우고 은박지만 남은 상태였다. 인생 최고의 파니니를 사진이나 동영상으로 남기지 않았다니. 뭔가 돌이킬 수 없어졌다는 느낌이었지만, 그 순간의 공기를 음미하고자 했다. 사진 한 장 남기지 않았어도 최고의 파니니임에는 변함이 없을 것이고, 그 행복감은 쉽게 휘발되지도 않을 것이었다.

해변에서 점심을 먹은 뒤 우리는 또다시 걸었다. 카페에 가서 에스프레소를 한잔하고, 비바라섬이 이어지는 다리까지 걸어갔는데 마치 세상의 끝에 도달한 듯했다. 우리는 나란히 서서 인디밴드 앨범 커버 같은 사진을 여러 장 찍고, 어둑해져서야 프로치다 항구로 돌아왔다. 이탈리아의 생활은 이런 것이었다. 친구들, 농담, 걷기, 맛있는 음식, 심플함, 느긋함, 해변에서 먹은 인생 최고의 파니니. 아무 근심 없이 이런 기쁨을 나에게 줘도 된다는 확신. 프로치다섬을 소박한 행복으로 기억할 것이다.

베네치아

물의 도시에 서린 죽음의 기운

나폴리에 머무른 지 두 달이 지났고, 이제 내게는 어디로든 떠날 수 있는 자유가 주어졌다. 다시 집돌이 기질이 고개 들어 익숙해진 나폴리를 벗어날 엄두를 내지 못하고 있었다. 너무나 많은 자유와 선택지가 주어질 때마다 "인간이라는 이 불행한 존재에겐 태어나면서부터 받은 자유라는 그 선물을 한시바삐 넘겨줄 대상을 찾아내는 것보다 더 고통스러운 걱정거리는 없다"[*]는《카라마조

---

[*] 표도르 도스토옙스키,《카라마조프가의 형제들》1, 김희숙 옮김, 문학동네, 2018, 515쪽.

프가의 형제들》의 문장을 떠올린다.

　　그러나 언제 또 이탈리아 땅을 밟을 기회가 올까 하는 생각에 결국 여행을 준비했다. 여행지를 고민하는 내게 카포스카리베네치아대학교에서 공부했던 제시카와 마테오는 베네치아가 참으로 로맨틱한 곳이라며 추천했다. 도시가 로맨틱하다는 게 대체 어떤 말인지 궁금했지만, 베네치아는 세계적인 관광 명소에다 비싼 물가로 유명했고, 비싼 값을 치러야 얻을 수 있는 낭만이라니 그다지 끌리진 않았다.

　　아무래도 여행자와 여행지 간에는 궁합이라는 게 존재하는 듯하다. 그 궁합은 각자가 여행에서 선호하는 바에 따라 다를 것이다. 나는 대도시나 역사적 유적지보다는 자연 경관과 맛있는 음식을 선호한다. 가령, 명품과 패션의 도시 밀라노는 전혀 고려 대상이 아니었다(마찬가지 이유로 런던이나 뉴욕에도 흥미가 생기지 않는다).

　　그런데도 베네치아를 이탈리아 여행의 출발지로 삼은 것은 친구들이 다른 어디에서도 볼 수 없는 물 위에 지어진 도시의 독특함을 강조했기 때문이다. 세계 각지에 물과 관련된 도시에는 늘 '제2의 베네치아'라는 수식어가

붙는다. 김포의 베네치아라거나……. 남미의 국가 베네수엘라도 수상가옥에서 생활하는 원주민들을 보고 '작은 베네치아'라는 뜻으로 나라 이름이 지어졌다고 한다. 이러한 수식어의 원형인 장소라니 한 번쯤은 직접 봐도 좋을 것 같았다.

과연 물의 도시 베네치아는 진입로부터 남달랐다. 본섬으로 들어가는 바다 위를 달리는 기차는 〈센과 치히로의 행방불명〉의 기차처럼 이전과는 다른 세계로 넘어가는 듯한 기분이 들었다. 베네치아 산타루치아역에 내리자마자 눈앞에 드러난 푸른 운하에는 수많은 배가 다니고 있었다. 명불허전. 어디서도 보지 못했던 초현실적인 풍경이 일렁거렸다. 왜 베네치아를 로맨틱한 도시라고 하는지 알 것 같았다. 일상과는 무척 거리가 먼 풍경이었고, 일상을 벗어난 어떤 일이 벌어져도 이상하지 않을 듯했다.

역에서 내려 감탄하는 와중에도 한시도 긴장감을 놓을 수 없었다. 관광객들이 산타루치아역에 도착해 처음 맞는 베네치아의 아찔한 풍경에 혼이 팔렸을 때를 노리는 소매치기가 악명 높았다. 이탈리아 여행에는 감탄과 긴장, 두 가지 능력이 동시에 필요했다. 그러나 인간에게 멀티태스킹이란 존재하지 않는다고, 동시에 여러 가지를 한다고 생각하지만 실상은 모드 전환이 잦은 것이고, 전환이 잦은 만큼 큰 에너지를 소모하게 된다고 하지 않던가. 그래서일까. 베네치아에 들어서자마자 나는 금방 진이 빠지고 말았다.

탁 트이고 쾌적한 공간을 선호하는 사람에게는 좁다란 골목에서 엄청난 인파에 시달려야 하는 베네치아는 '갇히러' 가는 것이나 다름없다. 베네치아 본섬은 자동차, 오토바이, 자전거가 다닐 수 없는 바퀴 청정 구역이자 도보 여행자의 구역이다. 베네치아만큼이나 운하로 유명한 암스테르담이 자전거의 도시라면 베네치아는 정녕 배의 도시다. 차가 들어올 수 없으니 쓰레기 수거차, 구급차, 소방차도 모두 배가 대신했다.

118개의 섬이 400여 개의 다리로 연결된 독특한 도시. 바다를 건너 본섬에 들어오는 순간부터 산마르코 광장에 도달하기까지 인파의 행렬에 휩쓸려 걸음을 옮겨야 했다. 작은 다리들을 건너기 위해 계단을 오르락내리락하며 누구라도 뚜벅이로 걸어야 하기에 비교적 평등하다고 할 수 있을까 싶었지만, 이곳에서는 수상버스와 수상택시, 그리고 값비싼 낭만의 표상인 곤돌라를 자동차 대신 이용할 수도 있다.

짧은 일정으로 베네치아의 정수를 맛보려면 그저 섬 안에서 마음껏 길을 잃어보라는 조언을 들었다. 하지만 마음껏 길을 잃고 의외의 발견을 할 수 있는 여행의 재미는 그럴 만한 시간과 비용이 주어졌을 때에나 가능한 특권과 호사였다. 어느새 나는 제한된 시간에 최대의 효율을 추구하는 'K관광객 모드'가 발동됐다. 놀랍게도 구글 맵은 베네치아의 미로 같고 좁은 골목에서도 최적의 경로와 최단 거리 소요 시간을 알려주었다.

한참 휴대폰 액정을 들여다보던 중 구글 맵이 엉뚱한 곳으로 안내하며 오류를 일으키고 있다는 것을 자각했다. 말 그대로 길을 잃고야 말았다. 이대로는 도시에 대한 기억보다는 구글 맵에 대한 기억이 더 뚜렷하겠다 싶어 휴대폰 화면에서 고개를 들어 시선을 돌렸다. 어디서나 에메랄드빛 물을 볼 수 있었다. 멀리서 보았을 때의 아름다운 비주얼에 비해 그다지 깨끗하지 않다고 악명 높은 물길에서는 물비린내가 났고, 가까이 가서 보면 녹조가 가득했다.

칼레라고 부르는 좁은 골목을 헤매다 보면 캄포라고 하는 작은 광장이 중간중간 펼쳐졌다. 캄포 중앙에는 빗물을 받는 우물이 있다. 바다 위 섬인 베네치아의 식수를 책임졌던 과거의 유물이다. 인파의 행렬 가운데에도 인적이 드문 골목들이 미로처럼 여러 갈래로 뻗어 있었고, 곳곳이 비밀스러운 이야기를 품고 있는 것처럼 보였다. 그 좁은 골목을 빠져나와 산마르코 광장에 도달해서야 탁 트이는 해방감과 함께 이곳이 바다였다는 사실을 다시 상기할 수 있었다.

걷고 또 걸은 끝에 허기가 진 나는 적당한 구글 평점의 트라토리아에 들어갔다. 호기심에 먹물 파스타와 피자를 주문했는데 몹시 실망스러웠다. 구글 맵의 집단 지성을 믿었건만, 리뷰를 더 꼼꼼히 살폈어야 했나……. 나중에 마테오에게 말했더니 베네치아에서 해서는 안 될 바보짓을 했다고 했다. 베네치아는 도시 특성상 땅이 무척 좁고 제대로 된 피자 화덕을 갖춘 곳이 매우 드물다고, 나폴리보다 두 배 되는 가격을 내고 맛없는 냉동 피자를 먹었을 거라고 했다. 실로 그랬다. 이탈리아에 왔다고 해서 베네치아에서 피자를 사 먹는 짓은 하지 말길 바란다.

베네치아가 뜨내기들에게 맛없는 음식을 비싼 가격에 팔기로 악명 높은 곳이라는 건 알고 있었다. 베네치아에도 분명 비싼 값을 지불하면 미식을 즐길 수 있는 식당이 있을 테지만, 가성비를 추구하는 여행자에게는 그다지 먹을 만한 게 없었다. 내가 나폴리의 저렴한 물가와 맛있는 음식에 익숙해진 탓이었을까. 비싼 가격만큼의 값어치를 한다면야 만족했겠지만 음식에 관해서라면 대체로 불만족스러웠다.

밤에는 베네치아에서 시작된 이탈리아의 국민 칵테일 스프리츠를 마셨다. 이 좁은 섬에도 대학가가 있고, 젊은이들이 스프리츠를 마시는 '핫 플레이스'가 있다는 사실이 새삼 새로웠다. 베네치아는 지나친 관광화로 거주민들이 섬 밖으로 이주하게 되는 '투어리스티피케이션' 현상이 벌어지고 있다고 했다. 며칠 머무르며 이국적인 풍경에 낭만을 느끼는 관광이 아닌, 이토록 물가가 비싼 지역에서의 대학 생활은 어떨까. 에메랄드빛 물이 늘 곁에 있는 곳에서의 생활은 괜찮을까. 과학적인 근거가 있는지는 알 수 없으나 흔히 물을 가까이에 보고 살면 우울해진다는 말도 있는데.

베네치아의 풍경은 휴대폰 카메라로 슬쩍 찍어도 엽서가 되었다. 온 도시가 포토존인 베네치아이지만, 내가 본 영화들에서는 로맨틱하게 묘사되기보다는 미스터리한 공간으로 묘사되었다. 〈베니스에서의 죽음〉, 〈베니스의 열정〉, 〈쳐다보지 마라〉에서 이곳은 음습한 분위기가 흐르며 죽음의 공기가 서려 있는 도시로 표현된다. '영화적 공간'이라 함은 일상과는 거리가 먼 일이 벌어질 것 같은 곳이다. 그곳에서는 로맨틱한 사랑이 펼쳐질 수도 있지만, 미로에서 길을 잃고 물에 빠질 수도 있다. 언제나 사랑에 빠지는 것은 어느 정도 위험을 수반하고 있는 게 아닐까. 길을 잃고 헤매는 것, 그것이 사랑과 관련 있는 것이 아닐까. 물은 언제나 생명의 메타포인 동시에 죽음의 메타포다. 이러한 생각으로 나는 《급류》에서 "왜 사랑에 '빠진다'고 하는 걸까. 물에 빠지다. 늪에 빠지다. 함정에 빠지다. 절망에 빠지다. 빠진다는 건 빠져나와야 한다는 것처럼 느껴졌다"라고 쓰기도 했다. 베네치아가 배경인 여러 작품에 깔린 죽음의 정서는 해수면이 점점 상승하고, 침식되고 부식되어 가는 도시의 운명에 대한 메타포일지도 모른다.

그중 베네치아의 공기를 가장 인상적으로 각인시킨 영화는 니콜라스 뢰그 감독의 〈쳐다보지 마라〉다. '죽기 전에 봐야 할 명작'으로 꼽는 오컬트 장르의 수작이다. 어린 딸이 물에 빠져 죽는 상실을 겪은 존과 로라 부부는 시간이 흐른 뒤 일 때문에 베네치아에서 머물고 있다. 어느 날 부부에게 죽은 딸과 대화할 수 있다는 장님 영매가 말을 걸어오고, 주변에서는 의문의 살인 사건이 연달아 벌어진다. 〈쳐다보지 마라〉의 결말부에서 영매는 존에게 "베니스를 떠나!"라고 무섭게 외친다. 영화의 영향인 것일까. 베네치아를 생각하면 내게는 어두운 밤 골목의 감각이 남아 있다. 마치 내가 유령이 된 듯하다. 혹은 전생의 기억처럼 혼란스럽다. 나는 정말 그 수십 개의 다리를 오르내리고 미로 같은 골목을 헤맸던가. 이 아름다운 사진들이 정말 내가 직접 찍은 사진들이란 말인가. 맛이 잘 기억나지 않는 오징어 먹물 파스타를 먹고 시커메진 이를 드러낸 사진 속 내 모습이 낯설기만 하다.

피렌체

지난 사랑을 되돌릴 수 있을까

이탈리아 친구들에게 "이탈리아에서 단 한 곳만 여행해야 한다면?" 하고 물었을 때, 좋은 곳이 너무 많아 고르기 어렵다면서도 모두 입을 모아 말하는 곳은 결국 피렌체였다. 피렌체에 대해 내가 알고 있는 것은 예술과 꽃의 도시, 르네상스의 발상지, 메디치 가문, 미켈란젤로, 그라운드의 로맨티시스트 바티스투타가 뛰던 축구팀, 티본스테이크, 두오모 그리고 〈냉정과 열정 사이〉였다.

영화로 처음 접한 〈냉정과 열정 사이〉는 대학생 시절 첫사랑이었던 준세이와 아오이가 10년이라는 시간이 흐른 뒤 피렌체에서 재회하는 멜로드라마다. 나는 이 영화의 열렬한 팬이 되어 원작 소설까지 찾아 읽었다. 누구에게나 하염없이 끌리는 자신의 원형적인 이야기가 있는데, 내게는 '긴 세월과 재회가 담긴 사랑 이야기'가 그렇다. 《위대한 개츠비》도 그런 종류의 이야기라 열렬한 팬이 되었다. 그래서 나는 첫 만남의 설렘이 담긴 〈비포 선라이즈〉와 두 사람이 오랜 시간이 흘러 재회하는 〈비포 선셋〉 중에 후자를 더 선호한다. 이러한 재회의 원형을 나의 소설 《GV 빌런 고태경》과 《급류》에서 발견한 독자가 있을지도 모르겠다.

〈냉정과 열정 사이〉에서 아프게 이별한 두 사람은 아오이의 서른 살 생일에 '영원한 사랑을 맹세하는 연인들의 성지'인 피렌체 두오모에서 만나자는 10년 전 약속을 기억하고 결국 두오모에서 재회한다. (현시대 멜로와 로맨스 창작자들은 과거에 비해 사랑과 만남의 장애물을 만드는 데 적잖은 고통을 받고 있다. 24시간 곁에 붙어 있는 스마트폰으로 인해 언제든 연락이 가능하고, SNS로 소식을 알 수 있기 때문이다. 그리하여 배터리가 꺼지거나 휴대폰을 잃어버린 상황을 만들어내야 하는 경우도⋯⋯) 영화를 다시 보면 일본 제작진이 어떻게 허가를 받았을까 싶은 피렌체 명소의 올 로케이션 촬영이 눈부시다. 피렌체시는 촬영 허가를 해준 덕을 톡톡히 보는 듯하다. 피렌체와 두오모는 연인들의 성지로 굳게 자리 잡았고 이탈리아 다른 지역을 여행하면서는 좀처럼 마주치지 않았던 일본인 관광객들을 피렌체에서는 꽤 많이 볼 수 있었다.

산타마리아노벨라 중앙역에 내려서 두오모까지 걸어가는 길에 마주한 피렌체의 골목은 나폴리의 풍경과 무척 달랐다. 나폴리의 풍경을 떠올리면 그림자가 진 좁다란 골목과 거리의 쓰레기들, 진한 분홍이나 노란색으로 칠한 건물 외벽이 떠오르는데 피렌체의 풍경은 널찍한 도로에 길가에 쓰레기라고는 보이지 않고 깨끗한 무채색 건물들이 늘어선 모습이 더욱 귀족적이었다. 골목 사이로 거대한 두오모가 모습을 드러내기 시작하면서 흥분이 올라왔다. 마침내 마주한 두오모는 2D인데 입체적으로 착시 효과를 일으키는 그림처럼 현실감이 없었고 주변 풍경과는 이질적이었다. 유럽은 어딜 가나 성당의 천국이었지만 과연 피렌체의 두오모('꽃의 성모마리아'라는 이름의 대성당)는 그 위용이 으뜸이라 할 만했다.

준세이와 아오이가 올랐던 것처럼 두오모의 꼭대기

쿠폴라에 오르려면 엘리베이터를 이용할 수 없어 누구나 464개의 계단을 올라야 한다. 비좁은 계단을 고된 노동을 하듯 오르면 최후의 심판의 풍경을 담은 천장 프레스코 화를 가까이서 마주할 수 있다. 천장화 하단에는 무시무 시한 지옥의 풍경이 펼쳐져 있는데 시선을 돌려 성당 아래를 내려다보면 아찔한 높이다. 지금의 기술력으로 사다리차가 있어도 힘든 일일 것 같은데 175년의 세월을 거쳐 이러한 건축물을 만들어낸 종교 예술의 힘이 대단하게 느껴졌다. 마침내 쿠폴라에 오르면 피렌체의 아름다운 도시 전경이 보상처럼 내려다보인다.

노을이 질 무렵에는 미켈란젤로 광장 언덕에 올랐다. 세계 각지에서 모인 관광객들이 계단에 발 디딜 틈 없이 모여 온 도시가 한눈에 보이는 장관을 감상하고 있었다. 마치 아름다운 풍경을 파노라마로 상영하는 극장에 앉은 듯했다. 흔히 이탈리아에 대해 '조상들이 남긴 유물과 유적 덕에 먹고 산다'는 농담을 하는데, 피렌체에서는 유독 그 말이 실감 났다. 그 풍경만큼은 피렌체 사람들에게 질투가 일었다.

언덕에 앉아 많은 사람이 같은 기대감으로 노을을 기다리고 있는데 계단에서 연주 실력이 꽝인 연주자가 소음을 일으켰다. 너무 훌륭한 풍경과 예술의 도시라는 피렌체의 명성에 걸맞지 않은 소음이었다. 시끄럽고 어설픈 연주가 끝나자 모두가 더는 소음을 듣지 않아도 된다는 한마음으로 박수를 쳤다. 곧 아르노강과 두오모와 도시가 붉은빛으로 물들기 시작하자 모두 함께 풍경에 동기화되는 기분을 느낄 수 있었다.

피렌체가 예술의 도시라는 느낌을 더욱 충만하게 만든 것은 다름 아닌 우연한 조우였다. 저녁의 일용할 양식으로 두오모 앞 식당에서 파니니를 고르고 있는데 밖에서 마이크 없이도 엄청난 성량을 자랑하는 남자의 노래와 여자의 노래가 이어졌다. 나가 보니 전공자 포스가 흘러넘치는 젊은 성악가 커플이 두오모 앞에서 〈Time to Say Goodbye〉를 부르고 있었다. 이어서 아리아 〈Nessun dorma(아무도 잠들지 말라)〉를 불렀다. 유튜브에서나 보던 풍경이었다. 노래가 끝나자 감동받은 거리의 관객들이 "브라보!" 하는 박수와 함께 동전을 던졌다. 그들 커플의 아이도 함께 있었다. 세계를 여행하며 공연하는 가족일까? 피렌체에 기대하는 낭만이 채워지는 순간이었다.

이 작은 공연을 보기 전까지 피렌체는 어쩐지 조금 젠체하는 도시처럼 느껴졌다. 특별히 잘난 척하는 피렌체인들을 만난 게 아니었음에도 불구하고 다른 곳보다 귀족적이고 배타적으로 느껴졌다. 아는 사람 없는 관광지 한복판에 머물렀기 때문에 당연한 일이었지만, 모든 것이 상업적이고 비쌌다. 친절과 호의에는 반드시 비싼 값을 지불해야 한다는 듯한 인상. 기대했던 스테이크집에서 불친절한 태도를 겪었기 때문일 수도 있었다.

〈냉정과 열정 사이〉의 배경을 굳이 피렌체로 정한 이유가 있었을까. 그것은 영화의 주제와 밀접한 연관이 있다. 피렌체는 14세기 르네상스를 꽃피운 발상지로 유명하다. '재생, 부활'이라는 뜻을 지닌 르네상스는 중세 기독교의 신 중심 문화에서 벗어나 고대 그리스와 로마의 인간 중심 문화로 회귀하려는 움직임이다. 준세이의 직업은 훼손된 작품에 다시 생명을 불어넣어 되살리는 고미술품 복원가이다. 다시 생명을 불어넣는 일, 불가능할 것 같은 일. 이는 아오이를 여전히 그리워하는 준세이의 마음과 비슷하다. 아오이와의 사랑을 되살리고 싶은 것이다.

그리스 철학자 헤라클레이토스는 "만물은 변한다. 그러므로 인간은 같은 시냇물에 두 번 발을 담글 수 없다"라고 말했다. 과거를 되돌리려는 어리석음. 준세이는 미술품을 복원하듯 다른 남자와 동거 중인 아오이와의 지나간 사랑을 복원하려 하고, 개츠비는 화려한 저택과 물질적인 성공으로 다른 남자의 아내가 된 데이지와의 사랑을 되살리려 한다. 왜 사랑은 이리도 어리석은가. 왜 항상 어리석게도 지난날을 후회하며 시냇물에서 발만 동동 구르는가.

발도르차

진실의 풍경

누구나 어릴 때 극장에 대한 강렬한 첫 경험이 있을 것이다. 영화의 힘과 이야기의 힘에 제대로 압도당한 경험. 내게는 그런 영화가 중학교 2학년 때 본 〈글래디에이터〉다. 명장면으로는 콜로세움에서의 전투를 꼽을 수 있겠지만, 영화 후반에 막시무스가 환상 속에서 밀밭을 어루만지며 집을 향해 걷는 장면 또한 깊게 각인되어 있다. 끝없이 펼쳐진 평원에 곧게 서 있는 사이프러스 나무들을 떠올리면 귓가에 OST인 〈Now We Are Free〉가 들려오는 듯하다. 죽음 앞에서 영혼이 돌아가는 곳, 가족들이 기다리고 있는 고향의 원형적인 이미지를 리들리 스콧 감독은 이상적으로 연출했다.

그 장면의 촬영지가 토스카나 지방의 발도르차 평원이라는 것을 알게 된 후 그 어떤 유명한 도시나 유적지보다 그곳에 가고 싶었다. 밀밭이 광활하게 펼쳐진 발도르차 평원. 교통편이 좋지 않기 때문에 대부분 차를 렌트해서 가거나 패키지 투어를 통해서 가는 곳이었다. 일정에 여유가 있다면 농가 민박인 아그리투리스모에 머무르며 토스카나를 제대로 만끽하고 싶었지만 내게는 시간이 없었다. 국제 면허증을 준비하지 않아 렌트는 불가능했고, 낯선 사람들과 포토 스폿에 잠시 내려서 '인생 사진'만 찍고 이동하는 투어는 하고 싶지 않았다. 두 발로 발도르차 평원을 직접 걷고 싶었다. 그러려면 이른 새벽부터 대중교통으로 움직여야 했다. 유럽 여행 카페를 아무리 검색해봐도 대중교통으로 이곳을 간 사람은 찾아볼 수 없었다. 하이킹한 사람은 찾을 수 있었지만 대부분 마을에서 머무르며 이동하는 일정이었고 당일치기로 다녀오는 사람은 전혀 없었다. 아무도 그렇게 하지 않는 데는 이유가 있을 것이었다.

오직 '글래디에이터의 그곳'을 두세 시간 걷기 위해

왕복 여섯 시간 넘게 이동하며 하루를 쓰는 게 맞는 걸까. 비용과 시간을 고려하면 비효율적임이 분명했다. 게다가 버스 시간이 불분명해 리스크가 너무 컸다. 한국의 시골에 가면 배차 간격 큰 버스가 하루에 두세 대만 운행하고, 실시간 교통정보를 알 수 없는 것과 마찬가지였다.

과연 그럴 만한 가치가 있는가. 나는 스스로를 설득하기 시작했다. 그런 식으로 치자면 세상 모든 여행지가 마찬가지였다. 아무리 에펠탑과 고흐의 그림과 피라미드와 히말라야라도 그것에 관심 없는 사람에게 과연 무슨 의미가 있겠는가. 주관적인 가치가 중요했다. 내게는 뉴욕 타임스스퀘어를 걷는 것보다 〈글래디에이터〉의 발도르차 평원을 걷는 것이 분명 더 의미 있었다. 인간이 만들어낸 것에는 그다지 감탄하지 않는데, 자연 풍광에는 늘 압도당한다. 그렇다면 고민할 것이 무엇인가. 나는 가기로 마음먹었다.

나는 남들이 가지 않는 길을 굳이 가거나 모험을 즐기는 타입은 아니다. 오히려 모범생에 가까울 것이다. 수많은 이의 사례를 찾아보고 두드려보며 적절한 견적이 나오면 그제야 실행했다. 그러면서 한편으로는 내 인생에 언제든 무언가 신나는 일이 벌어지기를 바랐다. 더 이상 아무 일도 벌어지지 않는 삶에 지친 나는 무슨 일이든지 추억이 되리라 생각했다.

발도르차 평원이 있는 토스카나 지역에는 산이라고 부르기엔 민망할 정도로 야트막한 산마다 마을이 있다. 중세 시대 모습을 그대로 간직한 이 마을들은 드넓은 평야 지대에서 적으로부터 마을을 보호하기 유리하도록 조금이라도 높은 고도에 자리했고 성벽에 둘러싸여 있었다. 마을과 마을 사이는 거대한 밀밭이나 포도밭이 펼쳐진 평원이었다.

나는 피엔차에서 출발해 산퀴리코도르차까지 하이킹을 하기로 했다. 2천 명 정도가 살고 있는 피엔차는 걸어서 30분이면 전부 둘러볼 만큼 아주 작은 마을이었다. 나는 피엔차의 마트에서 초콜릿과 물 등의 전투식량을 구매하고 성문을 나섰다. 하이킹 코스가 시작되는 평원까지 내리막길을 꽤 내려가야 했다. 차는 다닐 수 없는 곳이었다. 이제 다음 마을에 닿기 전까지는 아무런 그늘 없이 걸어야 하는 평원이 펼쳐졌고 나는 중세 시대의 나그네가 된 듯했다.

날씨는 도와주지 않았다. 비가 내리지는 않았지만 먹

구름이 잔뜩 끼어 있었다. 발도르차의 끝내주는 풍경은 드넓은 평원만으로는 부족했다. 파란 하늘, 거기에 하얀 뭉게구름이 더해져야 완성되는 풍경이었으니 날씨의 지분이 꽤 컸다. 사진을 찍을 때마다 날씨가 아쉬웠다. '역시 전부 주어지지는 않는구나.' 하지만 모든 건 마음먹기에 달렸다. '비가 안 오는 게 어디냐'고 생각했고, 해가 쨍쨍하지 않은 덕에 무덥지 않게 하이킹을 할 수 있는 것을 다행으로 여기기로 했다.

발도르차에는 초록 언덕, 파란 하늘로 유명한 윈도즈 배경 화면 같은 풍경이 계속해서 펼쳐졌다(실제 윈도즈 배경 화면 장소는 미국 캘리포니아주에 있는 나파밸리라고 한다. 미국의 대표적인 와인 생산지로 손꼽히는 곳이라고 하니 토스카나와 비슷한 환경인 듯하다). 완만한 구릉지를 배경으로 길을 따라 사이프러스 나무들이 지그재그로 늘어선 모습에 고흐의 그림이 떠오르기도 했다.

계속 걷다 보니 저 멀리 고지대에 마을이 작게 보였다. 목적지인 산퀴리코도르차였다. 드문드문 서 있는 사이프러스 나무들 말고는 그늘이랄 곳이 없었다. 사이프러스 나무가 이어져 있는 길도 멋있었지만, 드넓은 언덕에 홀로 서 있는 한 그루의 나무도 그 자체로 그림이었다.

　사방을 둘러봐도 어디나 엽서 같은 발도르차 평원은 정말이지 사랑하는 사람과 함께 보고 싶은 풍경이었다. 동시에 너무나도 아름다운 풍경이기 때문에 치명적이었다. 나는 이러한 압도적인 풍경을 '진실의 풍경'이라고 명명하고 싶다. 다음과 같은 장면을 떠올려본다. 어느 커플이 보라카이의 바다에서 선셋 세일링을 하며 온 세상이 붉게 물드는 풍경을 맞이하는 순간. 혹은 일본의 깊은 산골 노천 온천에서 함박눈이 펑펑 내리는 풍경을 맞이하는 순간. 보통은 "이런 잊히지 않을 아름다운 풍경을 함께 보다니 우리는 결혼해서 평생 살 수밖에 없겠어"라고 할 만한 풍경이다. 그러나 함께 압도적인 풍경을 감상한 뒤에 "난 너를 사랑하지 않아"라고 말하게 되는 장면.

　나는 이러한 진실의 풍경을 맞이한 적이 있다. 싸움이 누적되어 그다지 사이가 좋지 않은 연인과 함께였다. 만약 혼자였다면 그저 이 황홀한 풍경을 오롯이 즐겼을 텐데, 곁에 있는 연인 때문에 덜 행복하다는 생각이 든 것이다. 역설적으로 눈앞의 풍경이 너무나 아름답기에 앞으로 이런 풍경을 평생 함께 보고 싶은 사람이 이 사람이 아니라는 진실을 깨달은 것이다. 토스카나의 발도르차 평원도 내게는 그럴 만큼 압도적인 풍경이었다.

세 시간 정도를 땀 흘리며 걸었다. 평원에서 저 멀리 보이던 마을이 가까워지기 시작했고 오르막길을 올라 산 퀴리코도르차에 도착했다. 아담한 피엔차보다도 더 작은 마을이었다. 마을 중심에 있는 트라토리아에 들어가 야외 테이블에서 식사를 했다. 땀 흘려 걸은 뒤 먹는 토스카나 파스타와 하우스 와인은 훌륭한 보상이었다.

이제는 도시로 돌아가는 버스를 타야 했다. 시골 마을의 조용한 공원에 위치한 정거장에는 물어볼 사람 한 명 없었다. 도착 예정 시간이 10분이 지났는데도 버스는 오지 않았다. 도시에서 타야 할 기차 시간이 정해져 있기에 발을 동동 굴렀다. 오후 3시 30분 버스가 그날의 막차였다. 조급한 마음에 버스 회사에 전화를 걸어봤지만 연결되지 않았다. 엉터리로 일한다는 생각에 무척 짜증이 났지만 이 또한 이탈리아의 일부였다. 버스 운행 시간이 달라졌다거나, 정거장의 위치가 달라졌다거나, 혹시 구글 맵이 업데이트되지 않은 것일까. 애타는 마음으로 버스를 기다리던 순간, 마침내 버스가 나타났다. 이게 뭐라고 안 도하며 쾌재를 불렀다. 당연한 것이 당연하지 않을 때가 많은 이탈리아였기에.

얄궂게도 버스를 타고 돌아가는 길에 하늘이 맑게

개기 시작했다. 내가 정말 찍고 싶던 풍경이 흔들리는 버스 차창 너머로 펼쳐졌다. 고등학생 무리가 버스에 탔다. 이런 풍경을 매일 보며 통학하는 토스카나의 시골 마을 아이들은 어떤 꿈을 품고 자라날까.

발도르차 평원 하이킹은 대중교통을 이용해 당일치기로 가기에 추천할 만한 코스는 아니다. 투어 패키지 상품이 존재하는 데는 다 이유가 있었다. 그러나 나는 새로운 하이킹 코스를 개발한 것처럼 마냥 보람찼다. 〈글래디에이터〉에서 막시무스는 눈을 감기 전 환영을 본다. 발도르차 평원 저 멀리서 자신을 기다리고 있는 가족들과 재회한다. 드넓은 대지, 고향, 돌아갈 곳, 아내와 아들이 기다리고 있는 가족의 품. 삶의 국면이 달라져서 이탈리아를 다시 방문한다면 다른 어느 곳이 아닌 토스카나를 찾아 농가 민박에 머무르며 진실의 풍경을 맞이하고 싶다.

로마

불멸의 작품 앞에서

베네치아부터 피렌체를 거쳐 나폴리로 다시 돌아오는 여정에서 로마는 생략하고 다른 곳의 일정을 늘릴지 고민했다. 이탈리아의 수도, 역사적 도시, 전 세계인이 찾는 로마지만 내게는 그다지 매력적으로 다가오지 않았다. 고민 끝에 그럼에도 로마에 들르기로 한 데는 이번에도 영화의 영향이 컸다.

로마와 바티칸을 배경으로 한 영화만 해도 열거하기에 셀 수 없이 많을 것이다. 〈로마의 휴일〉, 〈로마 위드 러브〉, 〈달콤한 인생〉, 〈두 교황〉……. 로마는 거대한 세트장 같았다. 그러나 내게 로마행을 부추긴 영화는 정작 로마가 배경인 영화가 아니다. 바로 〈굿 윌 헌팅〉에서 윌과 숀의 대화가 기억났기 때문이다. 숀은 자신의 그림을 분석하며 아내를 잃은 상처를 헤집어놓은 청년 윌에게 이렇게 말한다. 너는 무엇에 관해서건 책에서 읽은 지식을 박학다식하게 떠들 수 있을 거라고. "그러나 시스티나 성당의 내음이 어떤지는 모를걸? 한 번도 그 성당의 아름다운 천장화를 본 적이 없을 테니까. 난 봤어."

〈굿 윌 헌팅〉의 이 대사는 발품을 팔기보다는 책과 유튜브로 보는 것에 익숙한 '집돌이'인 나의 가슴을 관통하는 말이기도 했다. 그리고 나는 그 대사의 힘 덕분에 콜로세움이 아닌 바티칸미술관을 방문하기로 했다.

나의 관심은 서사를 다루는 매체에 집중되어 있다. 회화에는 관심이 적은 편이다. 암스테르담이나 파리에서도 유명하다는 미술관에 굳이 들르지 않을 정도다. 회화 작품 자체보다는 작품에 관련된 이야기가 내게는 더 매혹적이다. 게다가 우피치미술관에서부터 이어진 너무나 많은 성모와 성자의 그림들은, 유럽 도시들의 너무나 많은 성당에 매번 감탄할 수는 없듯 감흥이 떨어졌다. 거기에 더해 바티칸미술관을 찾은 전 세계 방문객의 행렬로 인해 몹시 피로해지고 말았다.

그러나 바티칸미술관의 수많은 작품을 감상한 후에야 최종 보스처럼 만날 수 있는 시스티나 성당 천장화, 미켈란젤로의 〈최후의 심판〉을 마주했을 때 나는 한 인간이 남긴 업적에 경외감을 느낄 수밖에 없었다. 작품과 작품을 품은 공간이 주는 힘이 첨단 아이맥스나 4D 영화관보다도 압도적이었다. 그 크기와 구성과 디테일은 한 사람이 이것을 전부 그렸다는 걸 믿을 수 없게 했다. 그저 누군가의 훌륭한 결과물을 보는 것이 아닌, 초월적인 힘을 느끼게 했다.

미켈란젤로는 자신을 조각가라고 여겼고 회화는 본업이 아니라고 했다. 그런 그가 무려 4년 동안 18미터 높이의 비계(높은 곳에서 일할 수 있도록 설치한 작업대)에 올라서서 고개를 들고 그리느라 몸이 망가질 지경이었다고 한다. 나는 천장화를 감상하기 위해서 고개를 쳐들고 있는 동안에도 목이 아파왔는데……. 창작자로서, 한 인간으로서, 존경심이 들었다. 자신의 건강을 잃어가면서까지 모든 걸 바쳐서 완성한 작품, 유한한 삶 속에서 끝내 이루어낸 불멸의 작품, 그 예술혼의 실체가 눈앞에 펼쳐져 있었다.

　나 자신을 예술가라고는 그다지 생각하지 않는다. 귀족의 후원을 받을 수 있는 시대에 태어난 창작자도 아니고 그저 신자유주의 시대에 태어난 창작자로서 어떻게 하면 그 노동의 대가로 '생존'할 수 있을지 고민에 급급할 뿐이다. 예술가라고 하면 세속적인 가치에 초연하고 예술혼(?)을 불태워야만 할 것 같아 아득해진다. 게다가 인스타그램 프로필에 스스로를 '작가', '예술가'라고 칭하는 사람을 보면 아주 먼 거리를 두고 싶다.

　내 정체성은 예술가보다는 창작자, 프리랜서, 창작노동자에 가까울 것이다. 내가 이런 이야기를 하면 사람들은 작가와 예술가에 대한 선입견을 드러내며 의외라는 반응을 종종 보인다. 자신들의 생각보다 내가 고상하지 않고 세속적이라는 것이다. 오스카 와일드가 '은행원들이 모이면 예술에 대해 말하고, 예술가들이 모이면 돈에 대해 말한다'고 이야기한 대로, 창작자들은 만나서 고상한 예술을 논하지 않는다. 지원 제도와 알바거리, 돈 이야기 등등 어떻게든 생존에 관련된 정보를 공유한다.

　그저 프리랜서 창작 노동자인 나도 천장화를 그리던

미켈란젤로에 대해 어렴풋이 상상해볼 수 있었다. 온몸이 고통스러운 가운데에도 그 자신만이 할 수 있는 몰두의 순간에 희열을 느꼈을 것이다. 이 세상에서 고유하게 자신의 머릿속에 있는 이미지를 실현하는 것. 그는 조각에 대해 '대리석 안에 있는 형상을 드러내는 것, 불필요한 부분을 제거하는 과정'이라고 했는데, 나도 장편소설을 쓰면서 그 말에 공감하곤 했다. 애초에 이야기의 씨앗이 품고 있는 것을 내가 성실히 캐내기만 하면 될 것 같은 예감, 이야기가 저절로 완성되어 가는 듯한 희열.

시스티나 성당 천장화처럼 이렇게 위대한 불멸의 작품을 마주하면 책 한 권 쓰는 게 힘든 내가 한없이 초라하고 부끄럽기도 하다. 내가 쓴 소설은 과연 수명이 얼마나 될까. 후대까지 살아남기는커녕 지금 당장 살아남을 수 있을까. 남과 비교하기 시작하면 끝도 없고 나는 그저 우주 속의 한낱 먼지에 불과한 것만 같은 불안에 젖어들게 된다. 이럴 때면 달리 방법이 없다. 글을 써야 한다. 나만이 쓸 수 있는 문장을 쓸 때는 모든 번민이 사라진다. 예술혼까지는 모르겠지만 아직 내게 5년이고 7년이고 걸려서라도 완성하고 싶은 작품이 있다는 게 다행이라는 생각도 든다. 널리 읽히는지 여부와 별개로 내가 쓴 책은 나의 죽음 이후에도 남을 것이라고 믿는다. 동시대의 독자가 아닌 미래의 독자를 생각하면 이상한 기분이 든다.
〈아이 틴더 유〉는 먼 훗날 2020년대 서울에서 데이팅 앱
으로 연애하는 청년들을 묘사한 사료(史料)가 될 수도 있
을 것이다.

나는 시스티나 성당의 내음을 맡아보았다. 특별한 향
이 나진 않았지만, 촬영이 금지된 시스티나 예배당의 엄
숙한 공기와 분위기만큼은 독특했다. 아무리 촬영 금지
팻말이 있어도 촬영하는 사람들이 있었고 경비원은 그럴
때마다 우렁찬 목소리로 촬영하지 말라고 외쳤다. 로마의
바티칸에 와 아침부터 줄을 서서 다른 모든 작품을 보고
나서야 마침내 마주할 수 있는 천장화, 그리고 촬영 금지.
나는 이 모든 게 희소성을 드높이는 마케팅의 일환이라
는 생각이 들었다. 시스티나 예배당을 빠져나오면 기념품
가게가 있고 바티칸 우체국에서 엽서를 부칠 수 있었다.
조금 혹하는 마음과 함께, 참 장사 잘한다는 생각이 들었
다. 종교적이지만 세속적이고, 예술적이지만 상업적인 것
이 뒤섞인 풍경. 인파의 행렬에 지치고, 수백 편의 작품을
감상한 후 과연 제정신으로 차분하고 침착하게 편지를
쓸 수 있을지 의문이었다.

로마는 소란스러웠다. 나폴리의 정신없음과는 달랐

다. 나폴리의 소음이 오토바이와 비행기 소리, 호객하는 상인들의 외침처럼 물리적인 것이었다면, 로마의 소음은 콜로세움과 판테온처럼 2천 년 역사를 자랑하는 유적들이 자기주장을 하며 말을 걸어오는 탓에 울리는 정신적인 것이었다. 많은 이야기를 품은 온갖 유적의 보물 창고인 도시에서 소화하지 못한 정보들에 머리가 소란스러웠다.

로마에는 이런 소음을 피하기 적절한 도피처가 있다. 스페인 광장을 지나 스페인 계단을 오르면 로마의 전경이 내려다보이는 전망대가 펼쳐지고 거대한 녹지로 이루어진 보르게세 공원이 등장한다. 보르게세 공원의 중앙에 위치한 작은 연못에는 거북이와 오리 들이 평화롭게 노닐고 있고 직접 노를 젓는 보트를 대여해 탈 수도 있다. 이곳에서 잠시 휴식을 취했다.

그때 로마를 건너뛰고 싶었던 진짜 이유를 알아차렸다. 로마에 대한 불편한 감정은 며칠씩 머무르며 면밀히 감상해도 부족한 유적과 작품들을 겉핥기식으로 보고 넘어가는 일에 부끄러움 비슷한 감정을 느꼈기 때문이다. 그건 엄청난 사치와 낭비였다. 게다가 이탈리아에 오면 모두가 당연히 방문하는 로마이기에, 다들 의심 없이 움직이는 행렬에 반감을 품기도 했다. 그런 내게 시스티나 성당 천장화는 '불멸의 작품은 이런 것'이라는 각인을 제대로 남겼고, 미술에 감동받아 본 적 없는 나를 압도하는 감정을 선사했다. 그리하여 마침내, 나는 시스티나 예배당의 내음을 맡고 내 두 눈으로 직접 본 것이다.

포지타노

가보자, 포기하지 말고

"미리 여러 가지 가능한 변수를 고려해서 계획을 세워야 안전하다고 느끼는 것 같아요."

심리 상담 TV 프로그램에 나온 자우림의 김윤아 씨가 한 말이다. 나도 그런 성격이었다. 그런 내가 앞날이 안개 낀 듯 보이지 않는 프리랜서 일을 하려니 얼마나 스트레스였겠는가.

나의 성격은 여행에도 고스란히 이어졌다. 아말피 해

안의 절경이 펼쳐지는 포지타노 근처에 '신의 길'이라는 이름의 트레킹 코스가 있다는 사실을 알게 된 후부터, 그곳을 걷길 기대하고 있었다. 신혼여행 휴양지로 유명한 포지타노는 어마어마한 숙박 요금을 자랑했기에 상대적으로 가격이 저렴한 푸로레 지역의 산골에 있는 숙소를 예약했다. 취소 불가 조건에 숙소까지는 40분 정도의 등산을 해야 했다.

푸로레까지 가기는 쉽지 않았다. 나폴리에서 소렌토로 가는 악명 높은 사철을 탄 후 한 시간에 한 대 있는 시타 버스로 갈아타야 했다. 구글 맵 정보도 부정확했기에 수십 개의 블로그와 다양한 경로를 검색해보고 캡처하며 시간표를 짰다. 시타 버스 이용자들의 후기를 보니 시간표는 어차피 지켜지지 않으니 무시하라고 했고, 만차로 인해 승객을 태우지 않고 그냥 가는 경우도 잦다고 했다. 시타 버스의 변수까지 고려해 계획을 짰다. 낙원 같은 풍경의 푸로레 해변에서 물놀이를 한 후 일몰 전 숙소에 도착해 아말피 해안의 눈부신 석양을 만끽하겠다는 완벽한 계획이었다. 그리고 다음 날 아침 일찍 신의 길을 걸으면 됐다.

그런데 신의 길을 걷기로 한 날짜에 비 소식이 들려

왔다. 그 무렵 이탈리아의 날씨는 변화무쌍했고 나는 속이 타들어갔다. 미리 알아보고 정한 게 독이 되기도 하는구나. 물론 나도 때로는 즉흥적인 여행을 하고 싶다. 그러나 결국 비용의 문제였다. 이탈리아의 기차표는 한 달 전에 사는 것과 당일에 사는 표의 가격이 다섯 배 가까이 차이가 난다.

숙소로 향하는 날, 아무리 기다려도 시타 버스는 오지 않았다. 마을 사람들에게 물어보자 '지로 디탈리아'라는 큰 사이클 경기가 진행 중이라서 오후 5시까지 도로를 통제한다고, 버스가 다니지 않는다고 했다. 미리 인터넷을 찾고 또 찾아봤지만 몰랐던 사실이었다. 거리에서 세 시간을 보내야 했고 5시 이후에는 정말 버스가 오긴 오는 것인지 불안에 떨었다. 6시가 넘어서야 겨우 시타 버스를 탈 수 있었다. 눈부신 푸로레 해변에서의 물놀이 계획은 그렇게 물 건너갔다. 이제 문제는 해가 지기 전에 숙소까지 등산해야 한다는 것이었다.

구글 맵 스트리트 뷰에서 본 완만한 포장길이 아닌 가파른 계단이 끝도 없이 이어졌다. 금세 숨이 턱까지 차올랐고 날은 어둑해져갔다. 이대로 조난을 당하는 것은 아닌가 싶을 정도였다. 해가 지고 밤 9시가 넘어 땀 범

벅으로 도착한 산골에는 불빛도 없고, 숙소의 리셉션에는 '귀도'라는 이름의 남자만 홀로 있었다. 다른 직원들은 다 퇴근한 모양이었다. 너무 배가 고파 맹물에 맨빵이라도 먹어야 할 판이었던 내가 불 꺼진 주방을 보며 저녁식사가 가능하냐고 묻자, 귀도는 코스 요리가 가능하다는 예상 밖의 대답을 했다. 나는 약간 불신의 뉘앙스를 담아 "그럼 당신이 요리를 하나요?"라고 물었지만, 어떤 음식이든 가릴 처지가 아니었다.

이탈리아의 코스 요리는 보통 전채 요리인 안티파스티, 파스타류의 프리미, 고기류의 세컨디 순서로 진행되는데 귀도가 전채 요리로 내온 브루스케타와 문어 감자 샐러드를 먹자마자 눈이 번쩍 뜨였다. 재료가 너무나 신선하고 맛이 살아 있었다. 시장이 반찬이라서가 아니었다. 너무 맛있어서 헛웃음이 나왔다. 전채 요리에 충격을 받았고, 프리미에 그의 요리 실력에 확신을 가졌으며 아직도 세컨디가 남아 있다는 사실에 행복이 그득 차올랐다. 귀도에게 불신의 눈초리를 보냈던 것에 대해 미안한 마음이 들었다. 그가 제공해준 하우스 와인까지 훌륭했다. 고생한 하루가 씻겨 나가는 기분이었다. 나는 귀도에게 감사를 표했다.

"이탈리아에서 먹어본 요리 중 당신의 요리가 최고였어요. 너무 맛있고 행복해서 천 개의 계단이 금세 잊었어요. 당신은 숙박업을 할 게 아니라 식당을 차려야 해요!"

다음 날 아침, 예보대로 비가 내렸고 산에는 온통 안개가 가득했다. 오후에는 갠다는 예보(네 개의 앱 중 두 개)를 믿고 신의 길 트레킹을 하겠다고 하자 숙소의 직원들은 "이 날씨에?" 하는 표정으로 안 된다며 고개를 저었다. 트레킹 시작 포인트의 근처 카페에는 비바람을 피해 들어온 네 팀이 같은 표정으로 창밖을 보고 있었다. 누가 이 무서운 비바람과 안개가 있는 바깥으로 나갈 거야? 마치 영화 〈미스트〉의 마트 같았다.

선발대로 안개 속으로 들어갔던 독일인 노부부는 얼마 뒤 결국 포기를 선언하고 발걸음을 돌렸다. 아름다운 풍경이 전혀 보이지 않는 안개 속 하이킹은 아무 의미도 없어 보였다. 큰 기대를 품고, 큰 비용을 치르고 이 멀리까지 왔을 텐데……. 내 일처럼 안타까웠다. 나 또한 하루 종일 이 카페에서 시간을 보낼 수는 없었다.

'어렵겠는데……. 포기해야 하나.' 어떤 일이 닥쳤을 때 나는 낙관보다는 부정의 회로가 더 발달한 사람이었다.

난 늘 노력한 만큼의 정확한 보상을 바랐고(그 '정확한'은 자
의적인 것이다), 세상은 그렇지 않았으며, 그로 인해 종종
불행했다. 아마도 다른 사람들보다 기대를 많이 하기에,
실망하고 상처받지 않기 위해 나쁜 상황들을 먼저 떠올
리며 위장한 것일지도 모른다. 그러나 안개로 앞이 보이
지 않는 신의 길 초입에서, 지난밤 예상치 못했던 지로 디
탈리아와 천 개의 계단과 귀도의 요리는 내게 어떠한 메
시지 같았다.

가보자, 포기하지 말고.

이 여정 끝에 보상이 있으리라는 낙관이 생겼다. 아
니, 설령 날씨가 끝까지 좋지 않더라도 이대로 돌아가는
것보다는 뭔가를 얻으리라는 믿음이 있었다. 그 순간 내
가 품은 낙관에 나도 놀랐다. 사람이 태도의 관성을 바꾼
다는 게 얼마나 어려운 일인가. 최악의 하루가 예상치 못
한 놀라운 행복으로 마무리되었던 어제의 경험으로 몸에
새겨진 좋은 감각 덕분이었다. 나는 앞도 보이지 않는 신
의 길을 걷기 시작했다.

얼마나 지났을까. 거짓말같이 먹구름과 안개가 걷
히고 아말피 해안이 서서히 그 모습을 드러냈다. 신의 길

을 완주한 후에 포지타노의 풍경을 마주하며 마신 레몬 그라니타는 완벽한 보상이자, 귀도의 요리와 마찬가지로 일종의 메타포였다. 귀도는 그가 대접한 요리가 누군가에게 놀라운 변화를 일으켰다는 사실을 알까. 이 예상치 못한 즐거운 경험의 누적은, 부정적인 방향으로 쉽게 굴러떨어지는 나의 경사를 조금은 완만하게 바꿔놓았다.

이스키아

아무것도 하지 않는 달콤함

나폴리 앞바다에 있는 화산섬 중 하나인 이스키아는 프로치다에 비하면 크기가 서너 배는 되는 큰 섬이다. 천연 온천으로 유명해 오래전부터 휴양지로 널리 알려졌다. 이스키아라는 이름은 나폴리에 오기 전 즐겁게 감상했던 〈나의 눈부신 친구〉 덕분에 친숙했다. HBO 드라마 시리즈 〈나의 눈부신 친구〉는 1950년대 나폴리 외곽의 가난한 동네를 배경으로 그레코와 릴라라는 두 소녀가 우정을 나누며 함께 성장하는 이야기다. 〈나의 눈부신 친구〉 시즌1 5화까지는 흙먼지가 날리고 회색빛으로 가득한 폭력의 도시 나폴리의 풍경만 계속된다. 그러다 6화의 무대인 이스키아섬으로 그레코가 옮겨 가자, 처음으로 푸른 바다와 평화로운 휴양 섬이 펼쳐지는데 그 대비로 인해 낙원의 이미지가 더욱 강렬하게 새겨졌다. 바다 수영은 엄두를 내지 못하는 나에게 그레코가 바다 수영을 하는 장면이 얼마나 자유롭게 느껴지던지. 나폴리에 머물면서도 물을 두려워하지 않고 자신의 키보다 깊은 호수나 바다에 거침없이 첨벙 뛰어들어 수영을 즐기는 유럽 사람들이 부럽지 않을 수 없었다

이스키아는 전통적으로 토끼고기가 유명하다고 했다. 이전의 나였더라면 어디에서 제대로 된 토끼고기 요리를 먹을 수 있는지 구글 평점과 리뷰를 수두룩하게 찾아봤을 것이다. 나는 돈을 내고 기준에 못 미치는 음식을 먹는 걸 몹시 싫어한다. 특별히 미식을 즐기는 것은 아니지만 기본을 지키지 않는 곳(가령, 식은 음식)에는 유독 화가 난다. 속은 기분 때문이다.

그러나 여행의 종반부였고, 구글링할 에너지도 어느덧 고갈되어버렸다. 신의 길을 걷고 난 뒤라 뭐든 괜찮을 거라는 낙관이 생기기도 했다. 나는 이스키아에서만큼은 검색 노동도 쉬기로 했다. 쏟아지는 비를 피해 적당히 찾

아 들어간 곳은 이탈리아의 프랜차이즈 식당이었다. 기대하지 않았던 그곳에서 토끼고기 파스타를 주문했다. 토끼고기가 맞는지 의심이 들 정도로 비주얼도 맛도 닭고기를 먹는 듯했다. 그러나 뼈를 바르면서 닭고기가 아니라는 것을 알 수 있었다. 조금은 쿰쿰한 맛이 났다. 순간 귀여운 토끼의 모습이 떠올랐고…… 동물에 대한 인간의 편향되고 편협한 애정에 모순을 느끼면서, 그럼에도 불구하고 하나의 인간으로서 말끔히 뼈를 발라 먹었다.

이스키아에서 머무른 곳은 30년은 더 된 듯 낡은 호텔이었다. 인근 호텔도 ○○○ 테르메, ○○○ 스파 같은 이름이 많았다. 이스키아의 거의 모든 호텔에서는 온천 수영장을 즐길 수 있다. 전통적인 아말피 스타일의 세라믹 타일 위에 손으로 직접 그린 간판이 아름다웠다. 호텔에 들어서자 어찌 된 일인지 나이 든 독일인들만 가득했다. 알고 보니 이스키아섬은 메르켈 전 독일 총리가 천연 온천을 즐기기 위해 휴가차 정기적으로 방문하는 것으로 유명했다. 육십대 이상의 독일인들이 섬의 주요 관광객 같았다. 호텔 곳곳에 독일어 안내가 되어 있었고 호텔 직원들도 독일어를 했다. 우리나라 사람들이 일본 유후인에 온천 여행을 가는 것과 마찬가지일까. 내가 묵는 호텔에는 단체 패키지 여행객이 온 것 같았다.

호텔에는 야외 온천수 풀장도 있고 방 테라스에는 바다를 바라보고 누울 수 있는 선베드도 있었지만 종일 비가 내렸다. 나는 온천욕을 하러 수영복을 입고 호텔 지하로 내려갔다. 온천 시설은 그럴듯하게 보였던 호텔 사이트 사진과 달리 몹시 협소하고 어설펐다. 물 온도도 뜨끈하지 않고 미지근했다. 냉탕과 온탕을 번갈아 한 바퀴 걸을 수 있게 되어 있는 시설에는 독일 노인들이 천천히 걷고 있었다. 나는 나이 든 사람들 사이에 있는 유일한 젊은이, 서양인들 사이에 있는 유일한 동양인이었다. 독일 노인들이 내게 독일어로 뭐라 말을 걸어왔지만 나는 겸연쩍어하며 그저 웃을 뿐이었다.

저녁 식사는 뷔페식으로 제공되었다. 이탈리아에서 처음으로 먹는 뷔페이기도 해서 기대가 됐다. 오래된 호텔에 어울리게 식당의 모든 시설이 낡았는데 뷔페에 서 있는 서버들, 그들이 격식 있게 차려입은 유니폼마저 낡았다. 심지어 음식이 정말이지 맛이 없었다. 과일도 치즈도 빵도 신선하지 않았다. 뷔페식 이외에 메인 요리를 하나 선택할 수 있어 황새치 요리를 주문했다. 역시나 냉동식품을 해동해서 내놓은 듯한 음식이었다. 맛도 식감도 무엇 하나 제대로 된 게 없었다. 나는 주변을 둘러봤다. 단체로 온 것임이 틀림없는 독일 노인들은 아무 불평 없이 먹고 있었다.

　　독일은 음식이 맛없기로 소문난 곳 아닌가. 독일인들은 길에서 빵을 먹어도 불행하지 않은 민족이고 미식을 즐기기보다는 합리적으로 배를 채우는 데 중점을 둔다고 한다. 그러니 독일인들의 기준에는 그 뷔페가 나쁘지 않은 듯도 했다. 아무리 독일인들의 음식에 대한 기준치가 낮다지만, 호텔의 음식마저 독일화될 필요는 없지 않은가. 음식은 정말 형편없었고 호텔 직원도 그것을 알고 있다는 듯 단 한 차례도 "입맛에 맞으십니까?" 같은 질문은 하지 않았다. 아예 양으로 승부하는지 메인 요리도 후식 디저트도 원칙 없이 달라는 만큼 제공해주었다. 심지어 디저트로 나온 과일마저도 신선하지 않았다. 이쯤 되니 웃음이 나왔다. 서버들은 다들 양복을 갖춰 입었지만, 어설픔이 풍겼다. 섬 지역의 건달들이 어떤 사정으로 인해 유니폼을 차려입고 프로페셔널한 서버인 것처럼 연기하는 코미디 영화 안에 들어와 있는 듯했다. 핀란드 감독인 아키 카우리스마키의 작품 속 인물들은 무표정하고 거의 감정을 드러내는 법이 없는 것으로 유명한데 호텔 안의 독일 노인들과 서버들이 꼭 그러했다.

　　커피도 탄 맛이 나고 이탈리아 기준에 형편없이 못

미쳤다. 나의 기준이 높아진 걸까. 심지어 커피마저 맛없다니! 이탈리아에서 이런 커피를 마실 줄은 몰랐다. 이탈리아인들이 손을 쌈을 싸듯 모아 흔드는 '말도 안 된다'는 제스처로, 한 손으로는 부족하니 양손을 흔들면서 대체 이게 어찌 된 일이냐고, 한번 마셔보라고 호텔 매니저에게 따지고 싶을 정도였다.

평소 같으면 화가 났을 텐데 피식피식 헛웃음만 나왔다. 독일 노인들로 가득한 휴양 호텔에서 이런 경험도 참 생소한 것이라며 즐기게 되었다. 맛있는 음식이 넘치는 나폴리에서 지내고 있는 것이 얼마나 축복이었던가 새삼 깨달았다. 우리는 정녕 일상의 감사함과 행복을 느끼기 위해서 결핍을 경험해야만 하는 것일까. 나는 나폴리가 그리웠다.

다음 날 아침 일찍 소르제토만으로 향했다. 한국인들에게는 그다지 정보가 없는 바다 온천 소르제토는 내가 이스키아에 온 목적이기도 했다. 파도를 맞으며 즐기는 천연 온천이라니 상상이 되지 않았다. 먹구름이 가득했지만 다행히 빗방울은 떨어지지 않았다. 버스 티켓을 판매하는 담배 가게인 타바키는 주말이라 닫혀 있었다. 그럼 버스 티켓을 어디에서 구매해야 하느냐 물었더니 버스

기사는 수익에는 관심 없다는 듯 그냥 타라고 했다. 나폴리에서도 이런 경우가 잦았는데 그럴 때마다 (실제로는 낙후된 시스템 때문이지만) 낭만적 반자본주의 국가를 여행하는 것 같아 설렜다.

버스는 큰 산을 한 바퀴 돌아 섬의 남쪽으로 향했고, 나는 사람들에게 묻고 물어 판자라는 작은 마을에 내렸다. 마을의 내리막길을 한참 걸어 내려가자, 해안 절벽이 이어졌다. 가파른 계단 밑으로 바위로 이루어진 해변이 나타났다. 사람들이 온천수가 나오는 만(灣)에 옹기종기 모여 있었다.

충분히 입장료를 받거나 자릿세로 바가지를 씌운다거나 하는 상업 시설이 들어설 만해 보였는데 그런 색채가 전혀 없었다. 탈의실도 따로 없어 사람들은 개의치 않고 문 닫은 식당 뒤편에 가서 옷을 갈아입었다. 짐을 도둑맞을 걱정도 안 들었다. 주인 없는 자연의 신비를 모두가 무료로 평등하게 누리는 듯한 분위기였다. 그 분위기에 더욱 기분이 좋았다. 호텔에서 맛있는 음식의 부재에 나폴리 음식에 대해 감사함을 느꼈다면, 소르제토에서는 상업 시설의 부재에 행복을 느꼈다.

바닷물에 몸을 담근 사람들은 새로운 방문객인 내게 바위가 몹시 미끄럽고 물이 뜨거우니 조심하라고 알려주었다. 나도 사람들이 모여 있는 웅덩이 한쪽에 자리를 잡고 앉았다. 등 뒤의 작은 동굴에서는 몹시 뜨거운 온천물이 나오고, 앞에서는 차가운 물이 파도로 밀려왔다. 밀려온 파도가 다시 밀려가며 자동으로 뜨거운 물과 찬물이 적당한 온도로 섞였다. 세계 각지에서 온 사람들이 고개만 내밀고 자연이 주는 신비로움을 만끽했다. '천혜의 관광자원'이라는 관용구가 이처럼 맞춤한 곳이 있을까 싶었다.

돌체 파르 니엔테(Dolce far niente).

'아무것도 하지 않는 것의 달콤함'이라는 뜻이다. 근면성과 성실성, 생산성과 효율성을 추구하는 나라에서 태어나 쫓기듯이 살아왔던 내게는 그런 느긋한 태도가 없었다. 심지어 여행에도 최적의 것을 즐기지 못하면 실패라 여기고, 시간을 허비했다는 죄책감을 느꼈다. 하지만 이번 이스키아를 여행하면서 만족스럽지 않은 호텔과 레스토랑에 전보다 훨씬 관대한 태도를 보이는 나를 발견했다. 모두가 느긋한 섬 이스키아의 천연 온천에서, 눈앞에는 광활한 바다가 펼쳐져 있고 위로는 하늘이 탁 트여

있고 등 뒤에서는 뜨거운 온천수가 넘실대고 있었다. 이
순간만큼은 돌체 파르 니엔테, 무척이나 달콤했다.

폼페이

최후의 순간에 할 수 있는 말

폼페이가 나폴리에서 열차로 30분이면 도착하는 거리에 있다는 것을 이전에는 몰랐다. 여행을 마친 후 여독이 밀려와 컨디션이 좋지 않았다. 몸에 열이 오르고 몸살 기운이 심했다. 한국으로 돌아가기까지는 일주일이 남아 있었다. 이전 같으면 폼페이는 워낙 다큐멘터리 같은 자료가 많기에 가본 셈 치고 넘겼을 것이다. 그러나 여행하는 동안 두 눈으로 직접 보는 일의 보람을 확실히 느꼈고, 제법 여행을 즐길 줄 아는 사람이 되었다. 두 발로 직접 그곳을 걷지 않으면 후회할 것 같아 아픈 몸을 이끌고 폼페이에 다녀오기로 했다. 이제는 친숙해진 사철 치르쿰베수비아나를 타고.

고대 로마 귀족들의 휴양 도시였던 폼페이는 서기 79년, 베수비오 화산 폭발로 3미터 화산재 더미에 뒤덮여 열여덟 시간 만에 지도에서 사라졌다. 이후 폼페이는 1592년에 운하를 건설하던 중 우연히 발견되기 전까지 1500여 년간 땅속에 묻혀 있었다. 화산재에 뒤덮여 보존된 도시는 1800년대가 되어서야 본격적으로 발굴되었고, 오늘날 전 세계 사람들이 찾는 유명 관광지가 되었다.

폼페이 유적에 가기 위해서는 폼페이역이 아닌 '폼페이 스카비(발굴지)'역에서 내려야 한다. 폼페이역은 현대인이 살고 있는 폼페이 신시가지에 가깝다. 기대감을 감추지 못한 관광객들과 함께 폼페이 유적 입구로 들어가자, 2000년 전으로 타임 워프를 한 듯했다. 광장에는 아폴론 신전을 배경으로 베수비오 화산이 거대한 존재감을 뽐내고 있었다.

폼페이에는 당시 로마 사람들의 생활상이 생생하게 남아 있었다. 마차가 다니던 돌길을 걷다 보니 당시에 쓰이던 음수대가 나왔다. 빵을 굽는 화덕과 목욕탕과 홍등

가까지도 그대로 보존되어 있었다. 어느 시인의 저택 입구에는 '개 조심'이라는 글자와 함께 개 모자이크 장식도 있었다. 문화생활을 즐기던 원형극장은 가운데에서 소리를 내면 잘 울리도록 설계되었다고 하는데 실제로 소리가 잘 퍼졌다. 자연재해가 만든 거대한 도시 박물관을 걷고 있는 셈이었다. 아무리 상상력이 부족한 사람이라도 폼페이를 걸으면서 과거의 삶을 떠올리지 않을 수는 없을 것이다.

가장 인상 깊었던 것은 폼페이 시가지 쪽을 내려다보고 있는 거대한 다이달로스 청동상이었다. 아직 발굴이 진행 중인 통제 지역이라 가까이 다가갈 수는 없었지만, 꽃밭에 우뚝 선 뒷모습이 보였다. 양팔과 다리가 없는 상태로 잔뜩 녹이 슨 청동상은 아무런 안내 없이 폐허에 녹아들어 있기에 많은 관광객이 폼페이 유적으로 생각했고 나 또한 그러했다. 그러나 반전이 있었으니 이 동상은 동시대 폴란드 조각가 이고르 미토라이가 만든 작품이라고 한다. 원래 그 자리에 수천 년 전부터 있는 것처럼 만든 작품. 폐허로서 아름다움을 완성하는 작품. 폼페이와 아주 잘 어울리는 작품이었다.

참상이 벌어졌던 역사적 장소나 재난, 재해 현장을

돌아보는 여행을 '다크 투어리즘'이라고 한다. 대표적인 다크 투어리즘 여행지로 우크라이나의 체르노빌, 폴란드의 아우슈비츠 수용소, 미국 뉴욕의 그라운드 제로 등이 있다. 인간 본성의 어리석음에 대한 교훈을 얻을 수 있는 여행이라고 하는데, 이런 다크 투어리즘에 대해 비판적인 시선도 있다. 누군가에게 치유되지 않은 아픔을 관광 수익 상품으로 개발하는 것이 합당하냐는 것이다.

폼페이는 그 성질이 조금 다르다. 폼페이를 찾는 사람들은 서기 79년, 그러니까 1945년 전에 목숨을 잃은 폼페이 사람들을 위해 슬퍼하며 기도하지는 않는다. 슬픔은 남겨진 사람들의 것이기 마련이고, 슬픔이든 사람이든 남아 있기에는 1945년은 너무 긴 시간이다. 또한 다른 다크 투어리즘 명소들과 달리 폼페이는 인간의 어리석음과 악함이 만들어낸 인재(人災)가 아닌 순수한 자연재해, 즉 천재(天災)에서 비롯되었다. 인간이 저지른 참상을 관광하는 것보다는 죄책감이 비교적 덜 드는 것 같기도 했다. 폼페이에 대해 괴테는 '세상에는 수많은 재앙이 있었지만, 이토록 후세에 즐거움을 주는 재앙은 드물 것'이라고 말했다.

베수비오 화산 폭발로 인한 폼페이 희생자는 당시

추산 거주 인구 2만 명의 10분의 1인 2천 명 정도로 알려졌다. 가족을 잃은 수많은 사람은 이 재앙을 어떻게 받아들였을까. 인과를 부여하고 싶은 사람들은 지나친 향락이나 그로 인한 '신의 벌'이라는 이야기를 만들어내기도 했을 것이다. 재앙에 이유가 없다는 것은, 무작위의 재앙이라는 것은 더 큰 공포일 테니까.

폼페이 유적 곳곳에는 최후의 순간 그대로의 형상으로 유명한 석고상들이 놓여 있었다. 유적지 발굴 중에 화산재에 덮인 곳에 의문의 빈 공간들이 있었고, 그곳에 석고를 부어 굳히자 사람이 있던 형상이 고스란히 나왔다고 한다. 입을 벌린 채 팔을 뻗고 있는 표정이 당시의 상황을 생생하게 떠올리게 했다.

폼페이가 널리 알려진 데에는 역시 두 사람이 껴안은 모습의 석고상인 '폼페이의 연인'이 큰 몫을 했을 것이다. '폼페이'라는 제목으로 수많은 영화와 드라마가 제작되기도 했다. 마지막까지 서로를 끌어안고 최후를 맞이한 모습은 여러 상상을 하게 만든다. 그러나 이후 밝혀진 바로 두 사람은 모두 남자였고 죽어가며 우연히 서로 가까이 붙어 생긴 것이라는 이야기도 있다. 실제로 동성 커플이거나 커플이 아니라고 할지언정 느껴지는 바가 퇴색되지

는 않는다. 최후의 순간을 함께 맞이하며 그들은 어떤 대
화를 나눴을까.

화산이 폭발하고 한 시간 뒤에 꼼짝없이 죽을 수밖
에 없다면 과연 인간은 무엇을 바랄까. 대부분은 사랑하
는 사람을 떠올릴 것이다. 최후의 순간이라는 극적인 상
황은 세상의 모든 가치도 사라지고 사회적 가면도 벗게
되는 실존적 순간일 텐데, 이때 사랑을 떠올린다는 사실
은 인간의 본성에 대해 많은 것을 말해주는 듯하다.

폼페이의 석고상들을 보며 평생을 화산 가까이에
서 뜨겁게 사랑하며 살다 간 커플이 떠올랐다. 다큐멘터
리 영화 〈화산만큼 사랑해〉는 카티아와 모리스라는 화산
학자 커플의 충실한 기록이다. 1966년 두 사람의 첫 만남
부터 1991년 사망하기까지 둘은 위험을 무릅쓰고 전 세
계의 활화산을 다니며 수백 시간의 자료 영상과 수천 장
의 사진을 남겼다. 이들의 연구는 화산 분화의 위험성을
경고하는 계기가 되었고 그 덕분에 많은 생명을 살리기
도 했다. 카티아와 모리스는 용암이 분출되는 가장 위험
한 현장도 늘 함께하며 뜨겁게 사랑했다. 이들은 연구 도
중 일본의 화산 분화 현장에서 함께 끝을 맞이했는데, 마
지막 순간까지 끌어안았을 두 사람을 떠올리면 가슴 한

편이 뜨거워진다.

　　마지막으로 폼페이를 눈에 담고 떠나려는데 미국에서 온 한 커플이 내게 사진을 부탁했다. 폐허를 배경으로 그들은 애정 가득한 포즈를 취했다. 여행지를 다니며 새삼 느끼는 것은 각양각색의 문화와 사람들이 있지만, 어디에서건 성별을 막론하고 둘씩 짝을 지어 살고 있다는 것이었다. 폼페이에서 사랑을 생각하다 보니 나도 짝을 만나고 싶었다. 뜨겁게 사랑하고 싶어졌다. 화산이 폭발하고 곧 죽을 수밖에 없는 운명인데 가족, 친구, 연인, 누군가에게든 달려가 뜨겁게 끌어안고 사랑한다고 말할 사람이 없다면, 분명 공허할 것이다. 《결혼·여름》에서 카뮈가 말하길, 사랑받지 못함은 그저 운이 없는 것이지만 사랑하지 못함은 곧 불행이라 했다. 나는 불행한 사람인 걸까.

　　나는 '사랑'이라는 단어가 욕망부터 희생까지 너무 넓은 의미를 가지고, 너무 흔하게 남용되어서 가치가 훼손되었다고 여겼다. 사랑이 뭐기에. 그저 사랑이면 다 된다는 듯한 세상에 그게 정말이냐고 질문을 장편소설 《급류》에서 던지기도 했다. 그 소설을 통해 내가 찾은 답은 결국 끝까지 함께하는 사랑이다. 죽음을 앞둔 최후의 순간에는 많은 말을 하지 못한다. 서운함, 미움, 시기, 질투,

미안함, 고마움 등은 그때 가서 말할 시간이 없다. 최후의
순간에 한 단어로 할 수 있는 말은 결국 사랑한다는 말일
것이다.

나폴리

이 도시의 불빛들이 말해준 것

나폴리의 마지막 밤은 기어이 찾아왔다. 도시 곳곳에서 사람들과 작별 인사를 마친 나는 이른 저녁 식사를 끝내고 숙소에 돌아와 침대에 누웠다. 이대로 마지막인가. 아쉬운 마음에 몸을 일으켰다. 3개월간 보지 못한 나폴리의 야경을 보기 위해 산텔모성 전망대에 오르기로 했다. 부지런히 간다면 케이블카인 푸니쿨라 막차를 탈 수 있었다. 검색해 보니 돌아 내려오는 푸니쿨라는 늦어서 없었다. 어두운 계단을 걸어 내려와 숙소까지 걸어 돌아와야 했다. 그러나 이제는 나폴리를 위험하게 느끼지 않았기에 가기로 했다.

푸니쿨라의 마지막 운행 시간에 겨우 맞춰 도착했는데 탑승객은 나뿐이었다. 열차 관리 직원들은 나를 보더니 그냥 타라고 했다. 그들이 내가 나폴리의 마지막 밤을 만끽하러 가는 것인지 알 턱이 없지만 그렇게 내게 선물을 주었다. 혼자서 푸니쿨리푸니쿨라 노래를 틀고 따라 불렀다.

얌모 얌모 *꼬빠* 얌모 야 푸니쿨리-푸니쿨라 푸니쿨리-푸니쿨라

(*Jammo jammo, 'ncoppa jammo ja' Funiculi-funiculá, funiculi-funiculá*)

그 유명한 〈푸니쿨리푸니쿨라〉는 민요처럼 들리지만 사실은 캠페인 송이다. 우리말로 번역하면 "가자, 가자, 꼭대기로 가자, 푸니쿨리-푸니쿨라"라는데, 베수비오산까지 올라가는 케이블카가 만들어졌지만 사람들이 두려워서 타지 않자, 사람들의 불안을 달래기 위해서 만들어진 노래라고 한다.

전망대에 도착하자 젊은이들이 모여 있었다. 대부분

은 차를 타고 오는 곳 같았다. 젊은 커플들이 많았다. 서울 야경을 한눈에 볼 수 있는 북악 스카이웨이 팔각정 같은 곳이었다. 어둠 속에서도 베수비오산의 윤곽이 존재감을 드러내고 있었다. 베수비오 화산 폭발로 폼페이가 화산재에 덮였던 서기 79년 8월 24일, 북서풍이 불지 않았다면 대도시 나폴리의 운명은 어떻게 됐을지 모를 일이다. 베수비오산과도 작별 인사를 나눴다. 나는 시선을 돌려 불빛들이 일렁이고 있는 나폴리 야경을 바라보았다.

이 도시의 불빛들은 이제 내게 특별한 의미를 갖게 되었다. 나는 손가락으로 가리킬 수 있었다. 저곳에는 내가 3개월간 머무른 안나의 비밀 정원이 있고, 저곳에는 매일 출근 도장을 찍은 브라우도서관이 있고, 도시의 이곳저곳에는 내가 알게 된 나폴리오리엔탈대학교의 학생들이 살고 있고, 맛있는 식당들이 있었다. 벅차올랐다. 이제 작별할 시간이었다.

도시 곳곳에서는 폭죽을 터트리고 있었다. 33년 만인 나폴리 축구팀의 세 번째 우승을 기념하며 폭죽은 한 달 넘게 이어졌다. 매일 밤 들려오는 폭죽 소리의 정체를 여기서 눈으로 확인할 수 있었다. 아주 먼 곳이라 작게 보이는 불꽃은 허무하게 허공에서 사라졌다. 울음이 터져 나왔다. 이토록 감정적이 된 것은 몇 년 만의 일이었다. 혼자 울고 있는 유일한 동양인인 나를 나폴리 사람들이 쳐다봤다. 나폴리 야경의 불빛들이 뿌옇게 변했다. 왜 그렇게 감정이 북받쳐 울음이 터져 나왔을까.

내게는 '거절'에 대한 기억이 있다. 초등학생이던 시절 당시 자주 어울리던 우찬이가 전화를 받지 않아 우찬이네 집에 가서 문을 두드렸는데 반응이 없었다. 나는 계속 초인종을 눌렀다. 한참 뒤에 우찬이네 엄마가 문을 열고 나와서 "우찬이 없어"라고 했다. 나중에 알고 봤더니 우찬이는 집 안에서 다른 친구인 하늘이와 놀고 있었다. 나 없다고 해달라고 엄마에게 시켰을 우찬이, 그것도 모르고 초인종을 계속 누르고 있었던 나의 모습이 떠올랐다. 어린 나이에도 수치심이 너무 커서 우찬이에게 왜 그랬는지 물어볼 생각도 하지 못했다.

그 경험 이후 의식하지는 못했지만 쭉 마음을 닫고 지낸 것 같다. 주변 사람들과 쉽게 속이야기도 하고 가까워졌으나 관계를 유지할 줄 몰랐다. 반이 바뀌면, 학교를 졸업하면 전부 소원해졌다. 내 성격에 큰 문제가 있는 것인가 고민하던 시절도 있었다. 그러나 이유는 생각보다 단순했다. 거절에 대한 공포. 나는 좀처럼 누군가에게 먼저 연락하지 않는 사람이 되었다.

누군가 소식이 궁금하고 생각이 나더라도 연락하는 일은 없었다. 우찬이네 현관문 앞에 서 있던 어린아이가 버티고 있었다. 그 기저에는 나를 싫어할 것이다, 라는 생각이 깔려 있었다. 나는 이 기억을 서른이 넘어 심리 상담 시간에 꺼냈는데, 원인을 알게 된다고 해서 문제가 바로 해결되는 건 아니었다.

이십대 초반에 나는 영화에 깊이 빠져 지냈다. 이야기의 세계로 도피했고 많은 위로를 받았다. 이십대 중반에 영화를 좋아하는 것에 그치지 않고 직접 만들어보겠다고 뛰어들었으나 잘 맞지 않는 신발을 신은 것처럼 아팠다. 엄마는 집돌이인 나를 두고 감독이 그렇게 모험심이 없어서 어떡하느냐고 했다. 영화 학교에 다닐 무렵, 선생님은 내가 쓰는 이야기에 착한 인물들만 등장한다며 신부님이라고 놀렸다. 그러면서 내게 말했다.

"제발 네 시나리오에서 피와 정액 냄새를 좀 맡고 싶다."

이런 피드백들은 무척이나 스트레스였지만 그래도 모범생답게 열심히 할 자신은 있었다. 작법을 익히고 혼자서 글을 쓰는 건 꾸준히 할 자신이 있었다. 그렇게 하면 더디더라도 늘겠다는 확신도 있었다.

그러나 감독이 하는 일도 열심히, 꾸준히 하면 실력이 느는 종류의 것일까? 수십 명의 사람을 다루고 선장 노릇을 하는 게 열심히 한다고 과연 늘까? 많은 영화학도들이 감독이 하는 일이 구체적으로 무엇인지 잘 모르고 덤빈다. 그리고 자신이 진정으로 하고 싶은 게 이야기인지 연출인지도 잘 구분하지 못하고 착각한다. 누구보다도 내가 그랬다. 감독이 각본을 쓰는 게 당연시되는 한국에서는 이런 착각이 더욱 쉽게 일어난다.

나는 내 한계에 부딪혔고 많이 힘들어했다. 5년 전, 영화에 10년을 쓰고 삼십대 중반이 된 나는 이제 완전히 실패했다고 여겼다. 산업에 진입하지 못했고, 아무도 날 찾지 않았고, 삶이 나아지리라는 기대가 조금도 없었다. 영화에 거절당하고 깜깜하던 시절, 나는 전부 포기해야 하나 절망했었다.

나는 왜 그토록 이야기에 빠져서 이야기에 투신하게 되었는가. 극장과 도서관은 외톨이들을 결코 배제하지 않기 때문이다. 영화와 이야기의 세계 속에는 매력적인 동료

와 친구가 있고 그들은 나를 거절하지도 거부하지도 않는다. 이야기의 세계에서는 나의 모든 결핍, 이루지 못한 꿈, 부서진 사랑과 상처, 거부와 거절의 경험이 모두 내 자산이다. 아직 이야기가 쓰이지 않은 백지 앞에서 나는 마음의 부자가 된다.

예전에는 이야기가 그저 도피처와 위안이 되어주는 정도만 되어도 훌륭한 것이라고 여겼다. 그러나 이제는 생각이 달라졌다. 훌륭한 이야기는 단순한 도피 이상이다. 앞이 깜깜해 행복을 상상하지 못하는 사람에게 행복에 대한 구체적인 상상력을 줄 수 있다. 그 상상력은 정말로 사람의 선택을 바꿀 수 있고 인생을 바꿀 수 있다. 내가 사랑한 이야기들은 내 인생이 긍정적인 쪽으로 헤엄치도록 경로를 바꿨다. 나는 이야기의 세계에 큰 빚을 졌다.

나폴리에 이방인으로 머물면서 자기소개 할 일이 많았다. 사람들은 대학 도서관을 매일 들락거리는 나의 정체를 궁금해했다. 그럴 때마다 나는 학생도, 교수도 아니라고 하며 이탈리아어로 나를 소개했다.

"Sono uno scrittore di romanzi(나는 소설을 쓰는 작가입니다)."

이 도시의 불빛들이 말해준 것

그런 자기소개를 반복해서 하게 되자, 내가 누구인지, 내가 왜 여기 있는지 알게 되었다. 세 권의 책이 나를 작가로 만들고 이곳으로 이끌었다는 것을 체감했다.

나는 내가 어디에도 속하지 못하고 그 어느 것도 대표할 일이 없을 것이라고, 만에 하나 내가 어떤 것을 대표한다면 그건 외톨이, 아웃사이더라고 생각했다. 그리고 나폴리에서 진정으로 이방인이라는 옷을 입게 되자 오히려 맞춤복을 입은 듯 편했고, 기대하지 못했던 환대도 받았다.

그것은 내게 꼭 필요했던 환대의 감각이었다. 초대받지 못하고 거절당한 어린아이가 나폴리에 초대받았다. 나는 지쳐 있었고, 정말이지 더 해나갈 힘이 없었다. 그것은 번아웃과 휴식과 관련된 것이 아니라, 내가 하는 일의 의미와 세상의 무응답과 관련된 것이었다. 내게는 이번 나폴리 체류가 세상의 마술 같은 응답이었다.

스스로를 운이 없는 편이라고 생각하는 사람이, 스스로 운이 있는 사람이라고 생각하도록 만드는 데 어떤 일들이 벌어져야 할까. 이것은 개인의 노력과 성취만으로는 달성되기 아주 힘든, 귀한 일이라는 것을 안다. 노력으로

는 얻을 수 없는 감각, 개인의 성취감과는 다른 내게도 도
와주는 사람이 있다는 감각이다.

내가 호의를 받을 수 있는 존재라는 걸 한국에서는
못 느꼈던 것 같다. 나폴리에 머무는 동안 인연을 나눈 사
람들—표정과 몸짓이 크고 감정 표현이 풍부한 이탈리아
인들—이 나에게 베푼 친절한 호의 덕분이다. 그런 감각
은 체험하지 않고서는 얻을 수 없는 것이다. 많은 이들의
도움을 받았고, 참으로 행운이었다.

나폴리의 야경은 어두운 터널에 갇혀 있던 내가 상
상도 하지 못한 풍경이었다. 내가 사랑하는 이야기들은
내게 포기하지 말라고 일러주었다. 그럼 삶은 때로 상상
하지 못했던 놀라운 것을 가져다주기도 한다고, 일렁이는
나폴리의 불빛들과 터지는 폭죽들은 말하고 있었다.

Vedi Napoli e poi muori

3부

파란,
그리움

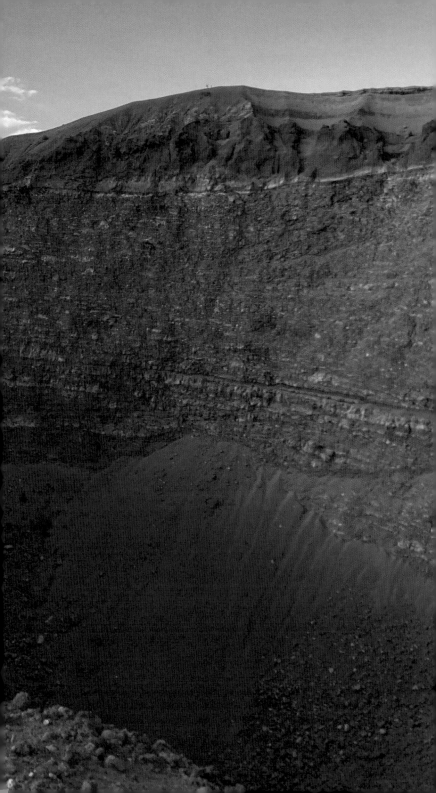

에필로그
나만의 나폴리

나는 '22-23 시즌 이탈리아 챔피언 나폴리'라고 쓰인 티셔츠를 입고 기분 좋게 귀국길에 올랐다. 이어폰에서는 안드레아 보첼리와 사라 브라이트만이 함께 부른 〈Time To Say Goodbye〉가 재생되고 있었다. 이제는 떠날 시간이었다. 나의 작은 오디세이가 끝나가고 있었다.

3개월간 내가 마신 에스프레소, 먹은 피자, 걸은 걸음이 내 몸을 이루고 변화시켰다. 내가 싸웠던 추위, 들이마신 매연, 견뎌낸 소음이 몸에 새겨졌다. 이탈리아 사람들처럼 혈관에 토마토와 치즈가 흐르는 정도는 아니겠지만, 이제 나폴리에서 피자 좀 먹어보고 에스프레소 좀 마셔봤다고 말할 수 있게 되었다.

환승을 위해 로마 레오나르도 다빈치 공항에서 대기하는 동안 사람들의 시선이 느껴졌다. 공항 직원이 반 농담으로 여기는 나폴리가 아닌데 그 티셔츠를 입고 있으면 어떡하냐고, 당신 큰일 난다고 했다. 어떤 사람은 나폴리 우승 티셔츠를 입은 나를 보고는 고개를 절레절레 저으며 지나갔고, 어떤 사람은 나를 보고 자신의 가슴을 주먹으로 두드리고는 엄지를 치켜들고 지나갔다(그가 나폴리 출신이라는 걸 눈빛으로 알 수 있었다). 이탈리아 친구가 우스갯소리로 이런 말을 한 적이 있었다.

"로마 사람들은 나폴리를 싫어해. 밀라노도, 베니스도, 피렌체도 나폴리를 싫어해. 모든 이탈리아 사람은 나폴리를 싫어해."

모두에게 미움받는 나폴리라니, 나폴리에 대한 애정과 함께 세 번째 우승 마크에 더욱 자부심이 느껴졌다.

에필로그

석 달 만에 한국 땅을 밟은 나는 인천 공항의 깨끗함과 쾌적한 대중교통을 통해 한국에 돌아왔음을 실감했다. 나폴리 공항에서는 콘센트 전기를 전부 차단해두어서 휴대폰을 충전할 수조차 없었는데 인천 공항에 돌아오자마자 수많은 휴대폰 콘센트와 무선 충전대가 눈에 들어왔다.

공항철도를 타고 집으로 향하는 길, 전철 차창에 내 모습이 비쳤다. 나폴리에 가기 전보다 살이 많이 빠지고 피부는 까무잡잡하게 그을려 있었다. 선크림을 아무리 열심히 발라도 나폴리의 태양은 강렬했다. 나는 나폴리의 노래를 흥얼거렸다. 아주 기분이 좋았고 평화로웠다. 부자처럼 이야기보따리를 들고 돌아왔으니까.

공항철도에서 환승을 하려고 32인치 캐리어를 끌고 내리는 중에 사람들이 밀고 들어왔다. 순간 나는 짜증이 뒤섞여 내뱉었다.

"내리면 타야지!"

한국 땅에 돌아와 육성으로 내뱉은 첫마디였다. 그토록 평화롭고 행복했던 마음, 웃음이 절로 샘솟던 기분은 다 신기루였던가. 왜 그렇게까지 짜증이 올라왔을까 나도 놀라서 곱씹었다. 이 짜증에는 무언가 있었다.

왜 이다지도 바쁘게 쫓기며 살아야 하는 것일까. 이 도시는 도대체 무얼 그렇게도 빠르게 재촉하는 것일까. 이곳에 돌아온 이상, 나도 그 공기에 초연할 수 없었다. '빨리빨리'의 한국 땅에서 혼자 이탈리아의 템포로 '돌체 파르 니엔테'(달콤한 게으름)를 실천하며 살 수는 없는 노릇이니까. 내게 일어난 짜증은 시차만큼이나 다른 템포에 다시 적응해서 살아가야 한다는 자각과 그에 따른 거부감과 스트레스였던 것 같다.

◊◊

일상에 적응하며 여름을 보냈다. 나폴리의 풍경을 떠올리며 그곳의 뜨거운 열정과 파란 자유를 담아낼 소설을 구상했다. 집 밖에 나갈 일이 별로 없었고 다시 집돌이가 되었다. 그나마 나폴리에서 필라테스를 하며 좋았던 기억을 떠올리면서 문화 센터의 아침 요가를 등록했고, 스무 명의 아주머님들과 함께 주 3회 요가를 했다.

한동안 이탈리아의 여운에 취해 화덕 피자집과 에스프레소 바를 찾아다녔다. 그러나 2만 원이 넘지만 불만족스러운 마르게리타피자를 맛보며 재료의 차이인지 맛이 영 아쉽다고 중얼거렸다. 꽃이 지고서야 봄인 줄 알았다는 말처럼, 대략 9천 원이면 최상급의 마르게리타피자를 먹으며 지내던 나폴리가 진정한 피자 천국(Pizza Paradiso)이었구나 깨달았다.

한국에도 서서 마시는 에스프레소 바가 많이 생겼다. 이탈리아 스타일로 에스프레소를 마시기 전에 입을 헹구라고 탄산수를 한 컵 같이 내어주기도 한다. 제법 그럴듯한 에스프레소 바임에도 기본으로 '투 샷'을 준다는 데서 실망하고 만다. 게다가 시그니처 메뉴라고 하는 것들은 대부분 다디단 크림에 비슷비슷한 맛이다. 나폴리의 커피 브랜드 킴보의 강렬한 맛이 그리워졌다.

화덕 피자와 에스프레소 바로 마음이 달래지지 않은 나는 이탈리아의 노래인 칸초네를 따라 불렀다. 나폴리 축구팀의 응원가들. 나폴리 출신 가수 니노 단젤로의 〈나폴리〉. 나폴리 사투리로 쓰여진 칸초네 〈'O surdato 'nnammurato(사랑에 빠진 병사)〉. 알 바노와 로미나 파워 듀오가 부른 〈Felicità(행복)〉. 리키 에 포베리의 〈Sarà perché ti amo(널 사랑하기 때문이야)〉.

이탈리아의 경쾌한 칸초네를 들으면 우울 같은 건 조금도 침범할 수 없는 눈부신 햇살이 떠오른다. 칸초네를 마음껏 소리 높여 따라 부르며 나는 충만해진다. 아이폰이 업데이트되면서 나폴리에 머무르는 동안 내가 찍은 풍경 사진들을 무작위로 잠금 화면에 띄우기 시작했다. 나폴리의 푸른 바다, 베수비오 화산, 나폴리 시내는 더 그럴듯하게 보였다. 나는 그리웠다. 노스탤지어, 고향을 몹시 그리워하는 마음. 또는 지난 시절에 대한 그리움…….

향수병에 걸린 것이다.

내게는 고향이 없다. 서울에서 태어나 열 살 이후로는 쭉 경기도 고양시에서 생활했으니 고양 토박이라고 할 수 있을 것이다. 그러나 국어사전에 등재된 고향의 세 번째 의미, '마음속에 깊이 간직한 그립고 정든 곳'은 아니었다. 어디서나 비슷한 아파트 숲으로 이루어진 신도시의 풍경, 그곳은 그리워할 고향의 정취를 갖고 있지 않았다. 내게는 고향의 맛을 지닌 음식이 없고, 고향을 떠올리게 하는 음악이 없고, 눈을 감으면 떠오르는 고향의 풍경이 없었다.

이제 나는 고향의 풍경을 가지게 되었다. 고향을 떠올리게 하는 맛과 음식을 가지게 되었다. 듣고 따라 부르면 마음을 울리는 노래를 가지게 되었다. 그리고 떠오르는 얼굴들을 가지게 되었다.

나폴리를 떠올리게 만드는 노래를 애타게 따라 부르며 알게 되었다. 내게는 그저 마음껏 그리워하며 마음을 쏟을 대상이 필요했었다는 것을. 나폴리만큼이나 특색을 갖춘 곳, 푸른 바다가 있는 곳, 떠올릴 노래가 있는 곳, 맛있는 음식이 있는 곳, 변하지 않는 곳…… 이전까지는 그걸 모르고 마음 쏟을 대상을 사람에게서 찾아 헤맸었다는 것을. 나는 행복한 그리움의 감정을 느낀다.

〽

나폴리에서 돌아온 나는 이탈리아에서 6년간 유학 생활을 했던 H와 만나게 되었다. H와는 이탈리아 생활을 이야기하며 가까워졌고, 이제 그녀는 내 반려자가 되었다. 나는 늘 외로워했는데 나폴리로 떠난 일이 정말 내 운명을 바꾼 셈이다.

'나폴리를 보고 죽어라(Vedi Napoli e poi muori)'

괴테를 통해 유명해진 이 말에는 여러 가지 설이 있

다. 나폴리가 낙원처럼 아름다우니 죽기 전에 보라는 해
석이 일반적이고, 아름다운 나폴리를 떠날 때 느끼는 우
울한 감정을 표현했다는 해석도 있고, 실제로 사형수들이
교수형을 당하기 전에 나폴리를 지나가며 나폴리를 봐야
해서 생긴 말이라는 설도 있다. '나폴리를 보고 죽어라'라
는 말이 내게는 '나폴리를 안 와보고 죽었으면 후회할 뻔
했어. 정말 오래 살고 볼 일'이라는 말처럼 느껴진다.

　고작 3개월을 다녀온 내가 나폴리에 대한 사랑으로
가득 차서 나폴레타노(나폴리 사람)처럼 굴자, H가 웃으며
내게 말했다. 3개월 손님이 아니라 적어도 1년 넘게 살아
보아야 그런 말을 할 수 있는 것이라고. 그곳의 소음과 지
저분함과 느린 행정 처리와 함께 그 모든 생활을 해보고
도 나폴리를 사랑할 수 있을지 말해보라고. 맞는 말이다.
세상 그 어디에도 낙원은 없을 것이다. 비일상의 시간이
었기에 낙원처럼 느껴졌을 뿐. 그럼에도 나폴리에 관련된
노래를 들으면 눈물이 차오른다. 그 이유는 나폴리가 내
면의 뭔가를 건드리기 때문이다.

　나폴리가 정말 그렇게 아름답냐는 질문을 받은 적이
있다. 눈앞에 베수비오 화산이 펼쳐진 나폴리 바다는 물
론 아름답지만, 우리가 흔하게 아름다운 바다를 말할 때

떠올리는 모습은 아니다. 눈부신 해안 절벽이나 아름다운 모래사장이 있는 것도 아니었고 물 색깔 또한 맑고 깨끗한 열대 휴양지의 에메랄드빛 바다 같지는 않다. 나폴리의 풍경이 그렇게 수많은 예찬이 나올 만큼 기막힌 절경인가 묻는다면 고개를 갸웃하게 된다.

나는 나폴리가 가진 아름다움의 비밀을 이제 안다. 나폴리의 아름다움은 나폴리의 특출한 풍경에서 비롯된 것이 아니다. 그것은 나폴리 사람들에게서 비롯된 것이다. 나폴리의 진정한 명물은 자기 고장을 특출하게 사랑하는 자부심을 가진 나폴리 사람들이다. 나폴리 사람들은 나폴리의 바다와 태양, 나폴리의 공기마저 예찬한다. 그리하여 기념품 가판대에는 나폴리의 공기를 판매하기도 한다(오토바이 매연으로 가득할 것처럼 느껴지는 그 도시의 공기를 말이다).

얼마 전 한 TV 프로그램에서 루치아노 파바로티의 〈Neapolis〉라는 곡이 화제가 되었다. 나폴리의 옛 이름인 네아폴리스는 Nea(new)+polis(city)란 뜻으로, 고대 그리스 사람들이 개척한 신도시를 의미한다. 그 노래에서는 '이곳에서 태어나지 않은 건 참으로 애석한 일'이라고까지 하며 나폴리에 대해 찬사를 보낸다.

그대는 모를 거예요. 나폴리가 나의 열정인 이유를

난 이유를 알아요. 그건 내 핏줄 속에 나만의 나폴리가

있기 때문이죠.

내가 가게 된 해외 레지던스가 스페인이나 독일, 혹은 남미 어디 다른 곳이었더라도 분명 첫 해외 체류에 기뻤을 것이다. 그러나 그 어느 곳도 이탈리아의 나폴리처럼 이런 벅차고 뜨거운 감정을 주지는 않았을 것이다. 어느 곳이든 자기 고장을 사랑하겠지만, 자기 고장에 대한 사랑과 예찬에 대해서라면 나폴리는 세계 어느 곳에도 지지 않는다. 전 세계 어느 곳에서나 여행 중에 나폴리 사람을 만난다면 나는 나폴리 사투리로 쓰인 노래를 한 소절 함께 부르며 즉시 뜨거워질 수 있다.

나에게 나폴리는 대명사가 되었다. '마침내 찾은 마음껏 사랑할 수 있는 대상.' 나폴리에 3개월간 머물렀다고 해서 사람이 완전히 달라질 수는 없을 것이다. 다만 행복의 비결을 조금은 알게 된 것 같다. 비관으로 가득하던 내가 조금은 삶을 낙관하게 되었다. 나는 이런 계기를 계속 기다리고 찾아 헤맸다. 누구나 저마다의 나폴리를 찾게 되길 바란다.

나폴리의 푸른 바다를 떠올리며 나폴리 노래를 불러본다. 그리움에 포함된 얼마만큼의 슬픔을 감내하면서. 그러나 이 감미로운 슬픔을 모르는 것보다는 아는 게 훨씬 더 좋다는 마음으로. 삶이 예측할 수 없는 힘으로 이끌어 다시 나폴리로 돌아갈 날을 기다린다.

"나폴리에서는 모든 것이 파랗다. 그리움조차도 파랗다."
(Tutto è azzurro a Napoli. Anche la malinconia è azzurra.)*

고마워요, 나폴리. 영원한 작별 아닌 잠시 안녕입니다.
(Grazie Napoli, È un arrivederci, non un addio!)

---

* 나폴리의 시인 리베로 보비오.

나의 파란, 나폴리

© 정대건, 2024

초판 1쇄 발행 2024년 7월 2일

지은이 정대건

펴낸곳 ㈜안온북스 펴낸이 서효인·이정미 출판등록 2021년 1월 5일 제2021-000003호
주소 서울 마포구 월드컵로14길 28 301호 홈페이지 www.anonbooks.net
인스타그램 @anonbooks_publishing 디자인 이지선 제작 제이오

ISBN 979-11-92638-41-6 (04810)
　　　 979-11-92638-40-9 (세트)